凡所有相　皆是虛妄
무실동의 **밤**들에게

아무것도 아닌 남자

박세현

오비올프레스

아무것도 아닌 남자

Ⅰ

밤부터 비

라오스

오늘 비 많다 습도 70%

내일 비 올 확률 80%다

신림식당에서 본 꽃은 수세미일 확률이 41%

스마트 폰 앱이 분석한 결론이다

내가 시인일 확률은 37%로 떴다

자체 분석이다

연관 검색어 전혀 뜨지 않음

누가 내 시는 깊이가 없다고 하여 고맙다고 인사했다

시에서 깊이나 의미를 찾아서 어떡하겠다는 것인지

저러니 한국시가 삑싸리를 면치 못하고 있지

내 시가 의미 있을 확률은 10%를 밑돈다 다행이다

주차장으로 내려오면서 손으로 올여름 장맛비를 가렸다

그나저나 홍상수는 언제 개봉하느냐

당신 자신과 당신의 것

빗줄기가 우산 없이 지나가는 당신을 파고든다

저녁종합뉴스

가로등 밑에서 붉은 화살나무잎이
조용히 지고 있다
너도 지고 있구나 안녕
나도 지고 있다 역시 뜨겁게 안녕
돌아가서 어둠에 기대어 시나 읽어야겠다
이제는 시도 징그러워졌다
잡음 저쪽의 잡음
저속으로 바람 부는 시월의 골목길을 돌아서
엘리베이터에 오른다
아무도 없는 방문을 똑똑 두드리고
공손하게 들어와 외로운 척 고물 라디오를 켠다
고물 음악 고물 뉴스 고물 자아
야 삼당 원내대표가 모처에서 이마를 맞대고
한국문단 개편 문제를 논의한다는
저녁종합뉴스를 들으면서 라면을 끓인다
(낮은 목소리로) 계란이 없는 저녁이군

너무나 시적인

나는 아직 혁명가를 사랑한다
회한의 넓이가 넓은 혁명가는 더 그렇다
김남주 로자 룩셈부르크 레닌 체 게바라
그리고 훼절자 몇
(체가 어디 최씨냐고 묻던 내 친구
화물 트럭 기사는 지금 뭐하고 있을까)
뒤집어엎어야 한다고 역설하는
백기완 동지는 내가 쓰고 있는
레제 시나리오의 단골 주인공이다
삶에 성공이 있다고 믿는 사람들
적당히 성공한 사람들이 악수하는 거리
그들을 향해 손을 흔들면서 독본 없는 삶을
복습한다 사실은 혁명이라는 말을
들어보지 못한 것이 나의 불행이라면
불행

삼척을 떠나며

작정없이 국도 7번으로 흐르다 호산에 이르고
노트북 앞에 앉아 있는 소설가와 마주쳤다
저녁 어스름에 묻어나는 여생은 그의 겸업이지만
전체적으로는 대체로 아무것도 아닌 남자
걸어서 남조선 한 바퀴를 돌고 집 앞에 섰을 때
눈물이 왈칵 쏟아졌다고 털어놓았다
그 말 들으며 협력 차원에서 눈물 몇 방울 흘렸다
이렇게 쓰고 싶은데 그냥 씨익 웃고 넘어갔다
무대는 해질 무렵 오롯한 삼척 해변
등장인물은 고도를 기다리는 소설가와 시인
장르는 개봉하지 않은 독립영화
소설가: 우린 끝났어! 저물어가잖아
시인: 좋지 않어?
(시낭송 모드로) 경기 하느라 지랄하지 않아도 좋은
어마무시한 이 배냇고요여
그러면서 건배하고 대학생이 보이지 않는 삼척
대학로의 밤길을 구식 에세이 스타일로 걸었다
멀리서 굽어보았던 장호항의 살결에 대해서는
술자리 내내 입을 열지 않았다

잔파도 지워진 바다에 대해서도 그렇고
각자 끌고온 시간의 구김살에 대해서도 침묵했다
삼척의 그밤은 절대 쓰여지지 않을
그의 소설이고 혼자 읽을 나의 시다
하룻밤 벗었던 허물에 팔다리 도로 집어넣고
(이게 왜 잘 들어가지 않는거야)
네비를 찍으며 나는 오래 삼척을 떠난다

고맙다 생각이여

산문집 교정 볼 생각하니 가슴이 조금 두근댄다
가슴이 오작동하고 있지 싶다 나는 아직 멀었다
연구실을 나와 구름다리 건너 주차장으로 흐른다
시동 꺼진 차 옆 지나가며 두근거리지 말자고 생각했다
두근두근 합은 언제나 네 근을 넘지 못한다
솔직하게 말해 이제 두근거리기 싫다
생각하지 말자고도 생각했다
생각구 망상동 고통아파트에 살고 있다고
큰 산 밑에서 온 스님이 우스개로 던진 법문
헐거운 마음으로 한번 더 톺아본다
내 생각 따위 던져버리고 이사 가야지
평생의 생각 종량제 봉투에 꾹꾹 눌러담고 가리
이렇게 생각하니 생각이 싹 없어졌다
고맙다 생각이여

행위예술가

위화의 뉴욕일기
2011년 10월 31일을 읽는다

100명의 학생에게 수업하는 것이 수업이고
100개의 의자에게 수업하는 것은 행위예술이다
이 문장에 밑줄 긋는다

대리운전자
논문 쓰는 지방대학 교수
편의점 알바생
탈북자
시인들

온통 삶이 행위예술인 나의 동지들에게
이 시를 바친다

그대에게 광영 있으라

늙은 남자가 사는 방식

학문과 항문이 길항하듯
(그럴 듯 한데 뜻은 나도 모르겠다
그럴 듯 하다는 것은 그래서 항상 수상하더라)
눈 앞에 밀려오는 안목항의 파도소리도 그렇다
나는 그대를 믿지 않지만 그대의 죽음은 믿는다
부고도 영정도 발인도 천도재도 믿는다
열심히 남긴 그대의 언어는 믿지 않는다
언어는 믿고 안 믿고의 문제가 아니더라
좌회전 깜빡이 넣고 깜빡거리다가
몇 번 깜빡거렸는지 까먹고 직진해버리는
택시처럼 그런 것이더라 여름파도가
저렇게 싱싱하다 이렇게 자판을 두드리고
한번 더 놀란다 옆에 누가 있었다면
안아 주었을 것이다
나는 나를 믿을 수 없어
매일 아침 멀리 나를 가져다 버린다
그게 늙은 남자가 사는 방식이다

혼밥

열두 시
정오 시보가 울렸다 깜짝 놀란 듯
어딘가로 출발해야 할 시간인데
혼자 점심을 먹고 있다
식탁 위 반찬을 적자면
생략하는 것이 좋겠으나 군소리처럼 몇 자
눈앞에 다가선 저 컴컴한 조명뿐인 야산이
오늘 나의 시장기를 돕는 반찬이다
데칠까 볶을까 바라만 보다가
한 숟갈 그득 봄밥을 들어올린다
이름부터 있어보이는 클라라 주미 강이 긁어놓은
봄 선율도 수저 위에서 흔들린다
이렇게 찰랑찰랑 살아있는 찰나찰나
수북한 혼밥에 놀라워서
절

집에 가자

걸어가는데 눈 앞에서
갑자기 날이 저문다
길가에 앉아있던 늙수구레한 남자가
비슷하게 저문 동료에게 말한다
집에 가자
집이 있다는 확신이 부러워지는 순간이었다
종로 2가에서 잊혀진 시인의
생가터 표지석이 날마다 저문다
다른 생각 접고
집에 가자

구파발역

구파발역 1번 출구로 나오면

해가 있고 달이 있다

눈이 오고 비가 온다

머리 긴 여자가 있고 탁발승이 있다

구파발역 1번 출구로 나오면

자장가 능소화 철학 튜바를 파는

난전이 열리고 있을 것이다

차차차 지루박 맘보가 넘쳐흐를 것이다

하나 둘 셋 넷 둘둘 셋넷

스텝을 밟아 보시라

지나가던 사람이 여기서 그러셔도 된다고

친절하게 일러줄 것이다

나는 원래 이런 사람이 아니라고 굳게 믿고

더 화끈하게 스텝을 밟다 보면

방금 전의 당신이 보일 것이다

가곡 듣는 시간

유월 초순
물기없는 저녁을 붙잡고
라디오가 흘리는 가곡을 듣는다
듣는다는 형식에 대한 턱없는 귀의
가곡의 비현실적인 고음이
저문 허공에 구멍을 뚫어놓는다
— 저는 아닐 거에요
＝아니요 꼭 당신일 겁니다
소프라노와 테너가 서로를 작업하면서
밤꽃 새로 핀 허공을 날아간다
오늘 따라 밤은 늦게 저물어간다
이유야 여럿이겠으나
어떤 순간이 가곡에 얹혀 뒤척이는 형식
그 속에 내가 있다고 믿는 밤이다

이 저녁의 본질은 뭐야?

음악을 열나게 들었는데 제목도 연주자도 먹통이다 그런 게
확실히 중요한 건 아니라고 생각한다 그럼 중요한 건 어떤
거지? 어제 중계동에 도착해서 빗소리를 들었다 건조했던
영혼이 리얼하게 젖었다 어두워질 때까지 딴생각 없이 빗소
리만 녹음했다 좋았다 맛있었다고 고치려다 그냥 둔다 장마
가 고마웠다 덕분에 먼 데 갔다 온 것 같다 거기가 어딘지는
모른다 잠깐, 시를 생각한 듯 하다 그러나 본인은 이제 그런
세계가 있다고 생각하지 않는다 위장을 달래려고 라면을 끓
인다 계란이나 파는 넣지 않는다 그게 나다 순수성이 훼손된
다 앞으로도 그러지 말자 시집 따위는 사지도 읽지도 말자
정신성을 가장 더럽히는 게 그거다 오늘 저녁만은 라면에 공
산품 계란을 넣기로 한다 너무 순수하면 재미 없다 그건 또
삶이 아니거든 시도 그렇고 라면도 그렇고 빗소리도 그렇다
첨부파일같은 이 저녁을 기념하기 위해 이강(怡江) 선생의
시 한 줄을 제목으로 모셨다

Born To Be Blue

하계동 노원구 cgv

2016년 6월 11일 토요일 12시 상영관

좌석은 텅 비었구려 하지만

나는 굳이 내 좌석에 털썩 주저앉는다

나의 주소는 1관 G열 3번

20세기가 낳은 가장 아름다운 흐느낌

보들레르와 릴케와 에드가 앨런 포우 근처

쳇 베이커의 자전영화

Born To Be Blue

관객은 전부 일곱 명

(중간에 한 명 추가)

어찌됐든

내 시는 남지 않을 것이다

그게 나의 자부심일 것

편맥

집으로 돌아오는 회전차로에서
특종 놓친 특파원의 얼굴로
여러 방 밤의 숨결을 찍었다
집 나갔다가 내 걸음따라 되돌아온 길이
새벽까지 깜빡거린다
술렁거리던 숨소리 잦아들고
골목을 적시던 멍멍이소리도 잦아드니
갈데없는 시만 남는다
거리에 쏟아진 불빛을 안주 삼아
취객 둘이 편맥을 마시고 있다
그대들의 부조리극도 막을 내렸다
어서 돌아가라

밤부터 비

모차르트를 제일 좋아한다
그렇게 말한 적은 없다
셀로니어스 멍크가 더 맞다고 생각한 적도 없다
차 앞유리에 흘러내리는 생각을 슥 문지른다
알뜰히 닦이지 않고 속으로 파고드는
빗물

모차르트 생가를 향해 두리번거리며
긴 골목을 걸어간다 (골목이 짧으면 어떡하지?
고쳐 쓰면 되겠지)
필사본 악보와 피아노와 초상화를 돌아보면서
(이 물건들이야 제자리에 있겠지)
머리로는 클라리넷 협주곡을 생각할 게다

여기까지 왔으니 커피를 안 마실 수는 없지
원본 비엔나 원주 커피를 손에 들고
비바람 뒤숭숭하던 강원도의 어떤 밤을 재구축한다
밤부터 비 요란하게 쏟아지지 않았다면
쓰지 않았을 시다

저뭣꼬

불 끄고 누우면 늙은 냉장고
거친 숨 몰아쉬며 끓고 있다 그러다
뚝
그친다 죽었나? 새벽시계의 잰걸음이
생각 사이로 촘촘히 지나가고 있다
마음 스위치 내리니 없던 소리들
다
내게로 다가온다 이리 더 오렴
인생은 길고 시는 짧다
(길면 시가 아니지)
나는 누구일까
그런 생각도 해보지만
이미 나는 그냥 나였던 것
(이미 내가 아니었던 것)
이제 밤낮없이 나를 껴안고 흘러가는
다정한 잡음에 생각을 기댄다
확 줄여서
저뭣꼬

아름다운 진정성

젊은 유럽여자가 한국어로 길을 묻길래
서툰 한국어로 대답해줬더니
잘 알았다고 말했다 수고하세요
한국어를 이렇게 써먹을 때도 있구나
어제 읽은 문예지 시들은 별로다
별 반 개 주겠다
시가 되려고 애쓴 흔적
나는 건성으로 읽는다
잘 썼지만 거기까지다
시를 잘 쓸 일은 아니다
그런 시대도 아니다
자기 페이스북에 올려놓으면 될 것을
발표는 또 무슨
그러잖아도 바쁜데 누군가 나의 뜬소리를
읽으리라는 생각이야말로
아름다운 나의 진정성

오늘의 끝 곡

저 음악 끝나면 정오다
그러면 낯선 시간이 오고
그러면 나는 다른 사람이 될 것이다
누구에겐가 전화를 걸어도 되고 결번이라는
기계음을 들어도 싸다 지나가는 사람에게
안개꽃 한 다발 선물할 수도 있겠다

정오가 되기 전까지 하던 일 마쳐야 한다
청탁없는 초고도 마저 정리하고 설거지도 하고
머리맡에 쌓여 있는 책들의 신경증적 울렁거림도
다독여주어야겠다 읽을 사람 없는데
의수를 하고도 꿋꿋하게 써대는 글작가들

오늘의 끝 곡 다 끝나기 전에
더 출렁거리고 더 낮게 넘실대야 한다
음악이 지나가면 나는 모르는 사람이 된다
한 편의 지나간 미래시가 될 것이다

지나간 봄밤

불을 끄고 눕다
눕다 성근 어둠이 같이 곁에 눕는다
눈을 감는다 감지 않아도 마찬가지다
다시 눈을 뜬다 시 없이도 편하다
북한이 동쪽바다에 무엇을 쏘았다는데
실패한 것 같다고 당국이 발표했다
먹을 거 먹지 못하고 한 방 쐈을 텐데
그런 생각이 전두엽 근처를 지나는 동안
허접스런 입방아를 찧어 본다
통일하여 저딴 헷수고 덜어줘야 할 텐데
일없이 혼자 눈을 감는다
시를 읽지 않는 시대가 시처럼 지나간다
시도 한 방인가 두 방 세 방 헛방짜리?
이상의 봉두난발, 김종삼의 벙거지, 김춘수의 콧수염
김영태의 청바지, 오규원의 날스카프
그런 풍문은 가고 오지 않는다
잔잔하게 견딜 뿐이다

볼펜 한 자루

볼펜 한 자루에 겨우 기댄 정신
가늘고 기다랗고 지루하다
정신이란 단어 그나저나
참 너 오래간만이다
악수
왼손잡이군요
손에 잡히는 겨울밤 찬숨 한 줄기
삶에 의미를 두지 마시오
이거 누구 말씀입니까
여태 말씀 따위에 걸리는구려
그런대로 지나가시는 게
웰빙에 좋을 거고요
볼펜으로 끄적이는 습관부터 치워야
인생 뜨거운 맨살에 닿기 쉬울거요
내 말 신경쓰지 말기요

프라하 역

프라하 역에 내려 우동 한 그릇을 비우고
프란츠 카프카와 만나기로 한 장소로 이동한다
사인 받을 책 놓고 온 걸 살짝 후회하는 밤
그는 어떤 차림새로 나를 만나줄까
카페는 쓸쓸하고 어눌했다
주인에게 물었더니 이틀에 한번 꼴로 들르는데
오늘이 바로 그날이라고 전해줬다
소주로 할까 소맥부터 권할까 망설였으나
작가는 나타나지 않았다 뒤에 들었지만
기자간담회가 있어 걸음이 바뀌었다고 했다
카페를 나와 거리를 걸으면서 카페와 대구막창과
춘천닭갈비집을 지나오는데 월간지에 보낼
시가 흘러간다 제목은 프라하 역이다
시를 먼저 써놓으면 언젠가 가게 되겠지
유럽 작가와 나 사이의 먼 인기척
궂은비 내리는 겨울 프라하 역
아무도 보지 않는 후미진 목로에 주저앉아
어머니가 끓여주던 국같은 굴라시를 떠먹겠지
지금 그 맛이 내 몸을 타고내려간다

노원 역 1번 출구로 나오면
언제나 나를 만날 수 있는 것은 아니지만
겨울비 내리는 날은 가끔 거기 있을 것이다
당신이 모르는 나는

그런가요

가슴에는 장미 뜰엔 다알리아
이랬으면 좋겠어 식전엔 커피 브라질 허니 버번
음악은 행진곡이었으면 좋겠어 사분의 이 박자
기분이 아주 좋아질 것이다
여자 친구는 셋, 남자 친구는 두 명
그중 하나는 부자였으면 좋겠어
그중 하나쯤 트럼펫을 잘 불었으면 좋겠어
푸른색 파스텔톤이거나 새벽 한 시의 톤으로 말야
하루라도 시를 안 읽으면 헛것이 보인다는 축들은 빼고
깡패 두엇도 옆에 두면 좋겠어
팔을 걷어부치고 햇빛과 맞붙는 깡이면 얼마나 좋아
늦은 오후엔 같이 늙어가는 소설가의 단편을 읽고
밤에는 김해경의 시를 낭독하겠어
바쁘신 가운데 낭독회에 참석해주신 분들께
감사드립니다 다음은 이상 선생의 목소리로 직접
오늘의 앵콜시 오감도를 들려드리겠습니다
폰은 죽여주시기 바랍니다
날마다 생시인 듯 살면 좋겠어
놀구계시네요

혹시

창작과비평 50주년 기념호를 읽는다
데모 한번 하지 않고 잘 살았어
이런 삶도 있다는 생각 창비를 읽는 건
내게만 없는 관념을 구매하는 일이다
시 한 줄 쓰겠다고 엎드려 있는 저녁
이건 뭐 하는 일인가 라흐마니노프 교향곡 2악장이
흐른다 저것은 저렇게 흐르는 것이다 살면서
숱한 시를 놓치고 왔다는 각성에 마음이 저릿!
시가 아닌 것은 다 시였어
원룸에서 주인을 기다리고 있는 책들
책 사이에 그어진 밑줄들
접혀진 페이지에 죽어 있는 날벌레
그게 다 시였다는 말씀
당신도 그런가요?
남 모르게 울고 싶을 때 그때마다 고양이 눈처럼
분명하게 나를 쳐다보던 시를 달래던 한봄
휑하게 앉아 관념만으로 고개를 주억거린다
시를 너무 놓치고 사는 건 아닌지

가슴 뛰는 소리

오늘 밤 나의 홈페이지로 오시게
하늘벽으로부터 봄눈 날릴 거네
동사와 부사 바이올린과 첼로 애인과 전 애인
시의 첫 줄과 마지막 줄 머리와 가슴 사이로
출렁거리는 봄꿈 봄 같은 봄 꿈같은 꿈
너무나 시같은 시가 나를 건드리네
지금 당신 머리맡에 있는 책좀 빌려주시게
개화기 남자의 문체로 쓴 소설을 읽고 싶다네
문학사와 싸우는 소설은 던져두고
그것밖에 할 수 없었던 사내의
문자 다큐를 뜯어읽고 싶은 거지
상투를 자르고 책상 앞에 앉았을 때
바뀐 세계관으로 살고 싶을 때
그의 가슴 뛰는 소리를 듣고 싶네
문학사나 진정성 따위로 사람 속이지 말고

공짜

여름날의 마지막 장미
어젯밤 들었던 아일랜드 민요
토마스 모어가 친구인 바이런과 셸리를
회상하며 썼다는 시
내게는 금시초문인 검색지식

산책길 골목 술집 담장에 매달려
조촐하게 시들고 있는 장미가
오늘 나의 장미다
지는 꽃 구경하며 저 구경에 빠져
나는 무언가를 잡으려
잠자코 손을 뻗는다 없다
반드시 없는 것이 있구나

꽃잎마다 시드는 방식이 틀리다
각자 다르다는 것
옳을 것도 맞을 것도 없는 나의 시
누가 좀 가져가시라
물론 완전 공짜

변산바람꽃

바람 불어오는 쪽으로 고개 돌리고
종일 바람 맞겠다
어느 변산반도 어느 바닷가 어느 언덕
바람에 얼굴 맡기고 설레리라
일생 바람 집어먹고 바람결로 흔들리려나
내 걱정은 마시고 바람 불어올 때 당신
꽃 피울 생각하시라

여기까지 쓰고 변산바람꽃 검색해보니
내가 상상한 모습과는 달라도 한참 다르다
작고 또 작고 작은 것보다 더 작은 상념
왜 말이 일으키는 파문과 실물은
이렇게 거리가 있는가
내가 머리로 굴려 본 꿈이 아니었다
그래서 그 꽃은 헛된 사랑처럼
내게만 무성한 변산 어느 바람꽃이 된다

당신 생각

식탁에 앉아 모이를 쪼 듯
몇 줄
활자를 집어먹다가
턱 받치고 바깥을 들여다 본다
(바깥은 나를 내다보고)
아무 생각도 오지 않고 가지도 않는
이때

당신
생각

근데, 당신은 누구요?

천문학자

나는 알 것 같다
금요일밤 배부른산 아래 원주시 일대
밤과 봄 사이로 흘러내리는
의심 많은 신경증자의 오줌줄기같은 빗소리
저게 다 내 헛소리임을

그래서 나는 헤아려보지 않고도
지금 내 머리밭에 떨어지는 빗방울의 리듬을
다 안다

지구별에 와서 사랑할 때 내 이마에 떨어지던 번개와
천둥과 모차르트의 미완성 교향곡
그게 몇 번이더라

오늘 밤 저 빗소리
어디서 왔느냐고 묻지 않는다
동네 노래방 여주인의 뜨개질처럼
나는 내가 살아온 길을 복습하고 또 복습한다

캄캄한 하늘 저 너머 거기
내가 왔던 길에 빛없이 별들 반짝거린다
눈 감고도 다 안다 그것이 무엇인지 왜 그런 것인지도
나는 알겠다 이 밤 나는 가슴 비운 천문학자다
지구에서 화성까지 화성에서 목성 사이의 허공
그 공허를 채우고 있는 나의 마음 그리고 당신들의 생각
한번 떠나면 돌아올 수 없는 눈빛을 전송한다
지금 나는 다 알 것 같지만 아무것도 모르는
천문학자다 적어라
내 페이스북 주소

한 잔 더

창밖은 안개 11월
안개는 시청 앞 재즈공원의 색소포니스트를
눈물겹게 감추고 있을 거다 가만 있어 연주는 끝났어
인생은 한 편의 추리소설이라고 떠들던
충무로의 젊은 철학자는 쓸데없이 잘 생겼다
입동과 소설 사이를 나는 지나간다
지난 주 원주민예총에서 엉성한 스피치를 마치고
강연장 계단을 내려올 때 들이치던 비바람
맨몸이 벌떡 일어섰다 아직도 서는 게 있군
내가 뱉은 말을 왜 내가 집어먹고 있느냐
그것이 그날 나의 주제였다
돌아간 사람들 되불러놓고
했던 말을 반납받고 싶어 정신이 욱신거린다
이제 버릴 게 없어 없는 것을 버려야 할 시간
그때마다 비 젖은 입 열어 말하게 될 거다
한 잔 더

자작나무 사이로

눈이 온다 한 길 왔으면 싶다
손 놓고 있다가 책을 읽는다
건너뛰기도 한다 소설은 그렇게 읽어도 된다
읽었던 줄 다시 읽기도 한다 눈 때문인가
읽는 둥 마는 둥 앉은 채로 책을 읽었다
소설이 없었다면 이런 날은 소설을 썼겠지
눈이 온다 한 길 왔으면 싶다
손 놓고 있다가 말도 안 되는 소설을 쓴다
살고 나면 다 말같지 않은 소설이 될 거다
자작나무 사이로
허튼 생각 위로 눈발이 비쳤다
종일 눈

시는 휙 사라졌다

오늘 아침 시가 왔더군
지나다가 훌쩍 들렀다는 시를 붙잡고
이것저것 말을 걸어보았네
이 소식을 자네에게 먼저 알린다 어디 있니
한 달 넘게 읽던 소설 오늘 끝내고
기념으로 커피 한 잔 때렸다
흥분하며 읽었지만 읽고 나니 별 건 아니었어
대학에서 미술과 저널리즘을 공부한 주인공이
바닥을 기면서 극적으로 살아가는 이야기다
밑바닥, 알지?
흔하디 흔한 얘기 아니겠어
누구에게나 밑은 있는거니까
난리를 떨면서도 꼭 말러나 브람스를 듣는 사내의
꾸지지한 인생 얘기였어 너무 인생 같아서
소설이 사라졌다고 보면 된다
내가 대신 살고 있으니 그대는
부디 읽지 말도록
여기까지 쓰고 있는데 그럼 다음에 또 하면서
시는 휙 사라졌다

자문자답

늙어서까지 시를 쓰는 일
가능한 일일까 생각하네
늙은 시인들의 시는
틀니처럼
이가 딱딱 맞지
필요없는 말을 하지 않아
간결하고 절제심이 있어
시의 몸은 단단하다
말은 매끄럽고 정갈하다
세상을 약게 보는 시력도 있고
철학 비슷한 것도 묻어나지
말로 닿을 수 있는 곳에
자기 신념보다 먼저 가 있기도 하다네
그런데, 자 생각 다시 해 보세
시의 꿈은 과연 그런 것일까
시는 그런 것을 즈려밟고 넘어서는 게 아닐까
안전빵이 아니라 그 빵을 방법없이 좌왕우왕
정신없이 뜯어먹어야 하는 거 아닐까
자문자답해 볼 일

그러지 마세요

시가 필요한 사람은
시를 쓰는 사람뿐이다
시청 공무원도 노숙자도 암환자도
퇴직자도 자본가도 취준생도
시를 원한 적이 없다
그런 시를 꾸역꾸역 쓰는 것은
독자를 핑계삼는 자위행위다
오나가나 툭하면 시인
자기 걸 자기가 주무르면서
왜들 이러실까
공연음란죄같은 이 안습현상
아무도 원치 않는 시를 흔들다 보면
시팔이도 외로워
이게 또 시
어느날 자칭 종북좌파와 수구꼴통들이 껴안으면서
한글철자법이라도 확 바꾼다면 큰일이다
그러지 마세요
시가 놀랍니다

지나가는 기차를 보는 남자

다른 번역은
떠나는 기차의 뒷모습을 바라보는 남자다
읽지 않고도 뭔가 대체로 온다
('뒷모습을' 다음에 '오래'를 삽입하려다
집어넣지 않고 빼기로 했다)

앙드레 지드, 카뮈, 헤밍웨이, 엘리엇
헨리 밀러, 마르케스, 윌리엄 포크너가
그를 지지했다는 검색이 뜬다

장편만 75편, 잠이 많아서
일만 명의 여자와 잤다는 이 작자는 누군가요?
네, 맞습니다
조르쥬 심농

창녕 조씨는 아니겠고!

자정

하루가 지나가셨다

그대도 덩달아 지나갔다

꼭 하루만큼 늙은 마음이 fm을 켠다

음란행위같았던 하루가 음악 속으로 스민다

내 안에 살던 늙은 시인이 손가락으로 시를 쓴다

하루만큼 늙은 시다

시는 운다

줄줄이 흐느낀다

시시한 시가 자정의 강물에 떠내려간다

미치고 싶어도 미쳐지지 않아 미칠 것 같던 하루가

이렇게 가버리고 가슴엔 기념으로 분홍 나팔꽃 피었다

꽃을 꺾어 늙은 마음에 달고

잠들었던 밤이다

다들 수고하세요

슬라보예 지젝 이태준 천둥 찰리 파커

무라카미 하루키 슈베르트 김영태 이승훈

라깡의 에크리 셀로니오스 멍크 찰스 부코스키 남애항

소낙비 정선 김종삼 거돈사지 겨울 밤 0시 5분

홍상수 배호 제주도 황덕호 희랍인 조르바

미친 사람 치악산 뒷면 열무김치 윌리엄 포크너 이상

이미선 눈보라 황석영 과테말라 목요일 오후 두시 겨울 북촌

중계동 은행사거리 비 옴 황지우 문지시선 100번까지

수도승 수연산방 밤바다 당신 진한 각성 모든 부제(副題)

임화 그럼에도 불구하고 로쟈 물결 에릭 샤티의 우산 이장희

수선화 우디 앨런 원주시립교향악단 장칼국수 마상청앵도

장률의 춘몽 명소은의 발문 달린 박세현시집 헌정

내몽고의 여름

범종소리 검색되지 않는 독립출판사 오비올프레스 만세

파도야 난 어쩌란 말이냐 청마 나에게 묻지 마라

그럼 누구에게 물어요

다들 수고하세요

미안하다
― 2016년 11월 7일 입동 시국에 쓰다

지금도 수강생 몇 모아놓고 야매로
시를 가르치는 영업을 하는 곳이 있을 것이다
아름다운 혹세무민이다
제 밑이나 닦지 남의 밑까지 닦아주겠다니
한심한 영혼들이라고 생각해 마지 않는 바이다
이렇게 써라 저렇게 쓰지 마라
첨삭하고 합평하고 난리 떨겠지
당신이나 잘하세요 당신
무릇 한국시의 개소리는 이로부터 비롯된다
김소월이 문창과 다니지 않았고
이상이 시창작 수업 들었다는 소문없다
한국시는 다 죽어야 산다
시선생님도 다 죽어야 한다
(왜 이러세요?
가만 있어봐, 말리지 말고)
잡지사도 출판사도 일언지하에 망해야 한다
거국내각없이 한국시가 사는 길이다
순하게 말해 꼴값들이다
시를 가르치다니

그 자리에 당신 있었다는 소문 들리던데
육갑 떨어서 영 죽을 맛이다

내 고향

내 고향은
잘 아시겠지만 저 서해안 개펄이오
밀물에 잠긴 해안이지요
이렇게 써도 멋있지 않아 새로 쓴다
내 고향은
개구리 지나간 연못이오
거기 제대로 몸 비친 녹음이지요
이렇게 써도 뭔가는 아니다
다시
내 고향은
낮밤 잊고 흘러가는 시냇물이오
봄햇살 몸 뒤척이는 물비늘이지요
이렇게 써도 아닌 건 아니다
다시 한번
내 고향은 개펄도 연못도 시냇물도 아니고
해안도 녹음도 물비늘도 뭣도 아니지요
쇠똥구리 잠든 자리 늙은 호박 썩은 자리
내 지인들 마음 살던 자리
생각이 멈추질 않는군

2
몸 있을 때
만나자

그게 그거지요

아침에는 콜롬비아를 마셨습니다
어제도 콜롬비아를 마셨고요
그럼 엊그제도 콜롬비아를 마셨겠군요
어떻게 아셨어요
콜롬비아를 무척 좋아하시나봐요
천만에요
그러면
콜롬비아밖에 없기 때문입니다
그게 그거지요
그게 그건 아닌 거지요

강릉아산병원

강릉아산병원은 바닷가에 있다
해당화 피는 철이면
안개를 따라 우울증자들이 입원하고
비바람 부는 날에는 강박증자가 온다
히스테리 환자는 영안실로 들어서다가
여기가 아니라고 구시렁거리며
복도의 화살표를 따라 집으로 돌아간다
약국 앞에서 약을 기다리던 육십줄 여자가
참하게 일어나 자작시를 낭독하더니
선채로 운다 바로 이때 관계자가 나타나
이러시면 여기서 안 된다고
그녀의 울음에 돌을 얹어 놓는다
파도소리에 놀라 각자 꿈을 깬다
오늘은 안개 끼고 비바람 불고
신관 쪽 바다에선 천둥 번개가 휘황스럽다
종합병원이라 날씨가 더 종합적이다

김수영에게 배울 점

— 나보다 오래 젊은 시인에게

서울 가지 않고 새벽에 일어나
시 두 편 두드렸다
남들은 코웃음 칠 노릇이지만
뜸들이며 쓴 시가 아니라는 말씀
물경 두 편이다
새가 나면 그럴 때도 있다
기분 좋아 무실초등학교 운동장을 뒷걸음질로 한 트랙 돌았
다 혹시 시마가 붙은 게 아니냐고 묻는다면 시마같은 소리라
고 답하겠다 휴일에 시를 썼으니 왈 특근인 셈 허기가 올라
온다 저 순수무망한 허기 안녕! 시는 똥구멍이 빠지도록 쓴
다고 되는 일이 아니다 대충 까이꺼 휘갈길 때마다 세계는
눈 뜬다
김수영에게 배울 점은
김수영을 반복하지 않는 것이다
잘하자
심각하면 다같이 망한다

그야말로 시

시를 쓴다
왜 쓰는지 모르고 쓴다
그냥 그렇게 쓴다
다 쓰고 읽어 본다
이것도 신가
시도 아니고 아닐 것도 없다
밤새 비가 왔다
비가 쓴 시가 떠내려가느라
밤새 시끄럽고 밤새 혼란스러웠다
저 빗소리는 누가 듣는가
내가 듣고 비가 듣고
쓸쓸한 그대가 듣는다
소쩍새도 듣고 달맞이꽃도 듣고
편의점 여주인도 듣는다
내가 쓴 시 누가 읽는가
노트북이 읽고 종이가 읽고
연필이 읽는다 얼씨구
시들한 시처럼 무서운 건 없다
아무도 읽지 않는 시

그게 진짜 시다
그야말로 시다

이러고 삽니다

라디오 듣고
마르타 아르헤리치의 손끝 맛보고
커피 마시고
이 좀 쑤시고
시 쓰고 (이건 좀 그렇군)
시 안 쓰고
산보하고 산보 거르고
남들 페이스북 들여다보고
다들 팬티 내리고 사는 모양
남이야 전봇대로 이를 쑤시든 말든
시 쓰느라 과로한 친구에게 한 잔 사고
문학상 로비는 누구에게 해야 약발이
통하는지 검색한다
(환상의 돌림빵?)
한국소설 너무 재미 없어
괜히 있는 체 하려고 난리들이야
딸애가 한 말이다
(시는 언급하지 않는다 그러나)
나 들으라 한 말 같아 가속기를 더 밟았다

줄 건 없고 내 시집 판권 유산으로 줄 게

돈 안 되는 거 알지? 아빠

일평생 헛소리 하며 살았군

그때, 짜잔 하면서

신호등 붉은색으로 바뀐다

시 없는 시

내가 시를 쓰는 건
당신한테 시 참 좋네요 이 소리 듣자고
타자하고 고치고 시집 내는 건 아니다
그럴 거면 어디 근사한 곳에 가서
와인이나 일 잔 하면 될 일이다
아무리 생각해도 시창작은 일말의 우스개다
몸에 기어다니는 이 잡는 꼴이다
내 오줌 지린 자국
무의식이 쓱 지워버린 행간이 실까
시를 잘 쓴다는 말은 언제나 조롱이다
맨 정신으로는 할 수 있는 말이 아니다
시를 어떻게 잘 쓸 수 있을까
시 참 좋네요
징그럽다
나는 시 없는 시를 꿈꾼다

그게 나다

시인을 무슨 대단한 존재로
착각하는 능력은
그 친구의 아름다운 장점이다
시인이 언어의 첨병이자
양심의 경비원이라는 헛소리에 속으며 시를 쓴다
시 한 편 쓰려고 며칠씩 끙끙댄다
끙끙대는 건 시가 아니다
시보다 중요한 게 있고
시를 써도 통 달라지는 게 없다
외로움도 달래지지 않는다면
그건 시가 아니다 그럼 뭐냐?
시는 그냥 떡이다
시라는 가설에 속지 말아야 한다
시를 대단한 작업이라 여기는 순간
당신은 여지없이 가설에 속고
시에 당하는 여버리가 된다
그게 또 나다

65쇄

파도는 밀려오고
밀려왔으니 다시 밀려갈 것이고
손으로 모래를 집으니 모래가 너무
모래 같아서 살짝 놀랐다
껍데기만 남은 크고작은 조개들이
파도에 젖은 채 모래밭을 어슬렁거린다
오리바위 옆에는 등대 아닌 등대가
불을 껐다켰다 반복한다 멍청한 노릇이다
때아닌 밤바다에서 때마침
밀려오는 파도 앞에서
절판된 내 책들의 안부를 생각하며
본인은 65세
며칠 시를 굶어도 상관없을 이 나이
나는 홀로 초판 65쇄를 찍고 있네그려
시인 동지들
건필하시오

노인 이태준

빗소리 듣는다 방갑다
서울 변방 불암산 밑자락
어색한 날갯짓으로 날아가는 저 새
미안하지만 이름은 모르겠다
모르는 채로 지나가라
황석영의 자전『수인』을 읽다가 말다가
월북작가 이태준 대목에서 책을 덮고 쉰다
누구는 북으로 올라가고
누구는 남으로 내려오고
왜들 이러시나
각자 끝까지 밟아버릴 수밖에 없는 게 있기는 있다
뻔히 보면서 그냥 건너온 교차로 붉은 신호등
불가피함을 사하소서
역사라는 픽션은 믿을 게 없지만
안 믿을 수도 없을 때마다 나는 불량시인이 된다
구멍난 솥단지를 들고 서있던 노인 이태준 66세
1969년 어느 날 북한 장동탄광 지역
이 장면에 빗소리 굵어지면서 엔딩 크레딧 뜬다

시는 왜 쓰는가

시는 왜 쓰는가
그러면서 여기까지 왔다 여기는
바람 불다 바람 그친 언덕배기
누군가 방금 이사 간
겹삼잎국화 외따로 핀 자리다
미처 다 불지 못한 바람이
제 풀에 부는 사이
달개비는 달개비처럼 피고
겹삼잎국화는 겹삼잎국화처럼 진다
시 쓰는 일 재미 없을 때
시 놓고 살아버리면
시도 살고 나도 산다
요걸 몰랐군
평생 시 쓴다는 거
그거 순전히 멍청한 짓 아닌가?

어디서 본 듯

그나마 시 몇 줄 끄적이는
재주밖에 없다고 생각했는데
다시 생각해보니
그게 무슨 재주여

가회동 근처
허공에서 떨어지는 빗소리
손으로 움켜쥐고 웃음

지나가던 개가 나를 비껴 본다
서로 어디서 본 듯
그 정도 느낌

나 한대 이야

소파에 앉아 한쪽 발목 양말 사이에서
담배갑을 뽑고 담배 한 가치를 입에 문다
1980년대, 그때는 그랬다
한번은 잡지 원고료를 송금했더니
잡지사에 들러 그가 느슨한 화를 냈다
계좌는 집사람이 관리하거든
좀 쓸 데가 있었는데 말이야
비자금이 달아났으니까
짜증날 일은 짜증날 일이다
한양대 국문과 교수 시절의 시인 이승훈 풍경이다
전화 걸려오면 그는 꼭 그의
볼펜글씨같이 나른한 목소리로 말한다
나 한대 이(李)야

오늘이 혹시 내가 세상 뜬 다음 날인가?

세차를 마치고
(내일 비 온다는데 세차하시나)
가끔 들르는 길모퉁이 카페를
못 본 척 지나가는데
유모차를 밀고가는 할머니가 인사한다
(모르는 사람인데 인사하시네)
고삐리 두 명이 스마트폰을 보며 지나간다
길 건너가 내 아파트인데
이유없이 낯설다
햇빛이 차분하게 깔린 거리가
내가 노개런티로 출연한
무성영화의 한 장면이다
전화 한 통 문자 한 건 없는 날이다
(잘못 걸린 전화도 없음)
혹시, 사람들이 서로 짜고 이러시나?

*제목은 황동규의 시 「일 없는 날」 마지막 행

청운동에 가서

청운동에 가서
김영태 10주기 전시를 보고 왔다
시인, 화가, 무용평론가로
칠순역(驛)을 빠져나간 사람
그중 무용평론가가 부럽다
그도 발끝을 들고 세상을 지나갔을 거다
마음 잠시 맡겨놓을 데 없을 때
한 손으로 마음 언저리 꾸욱 누르면
온몸이 참을 수 없는 춤이 될지도 모르지
그런 게 어딘가 있기는 있을 거다
없기는 왜 없겠어
십년 뒤에 날 기억해줄 사람
손들어 보시오
아니, 당신 말고
몸없이 춤추는 무용수였으면 좋겠어

아무튼

된장국을 데우는 저녁
미지근하게 식은 가슴
가스불로 한번 더 화끈히 지져놓고
늦밤에 혼술 마시는 친구 문자 지우고
달그락 거리며 내 밥그릇 설겆이 하고
흥분한 빗소리 듣고 더 듣고
그런데 그러나 뾰족한 답은 없다
이번 가을엔 몸 떨리는 시나
좀 만나면 좋겠다
아무튼

몸 있을 때 만나자

우리가 나눈 커피 한 잔

술 한 잔

길고 더웠던 토론들

한국시단엔 김씨들만 있다던 자네의 우스개비평

김소월 김수영 김종삼 김춘수

맨 김이군

그러나 황도 여럿이다

황동규 황지우 황병승 황인찬

시는 하늘로 날아가고

시인은 땅에 남는다

이 문장 어떤가?

트위터용이군

(껄껄 웃으며 무대 밖으로 나간다)

한참 어두운 무대

그리고 막

시가 웃는다

시라고 쓰고 시를 쓴다
말을 조립하고 시를 기다린다
어떤 시는 고분고분 말 속으로 들어온다
어떤 시는 본체만체 말 밖으로 나간다
어느 것이 더 시냐
둘 다 시가 맞을 거다
둘 다 시가 아니긴 마찬가지다
말을 주물럭거린다고
시가 되는 게 아니라는 걸
아는 게 대수는 아니다
문밖에 찾아온 시를 접대하느라
약간 몸이 소란스러울 때
시는 웃는다
시가 웃는다

술집여자

한 잔 하세요
슬쩍 안주 하나 더 시킨다
이 사람 저 사람에게 술을 따르고
나도 한 잔
슬픔은 만져주고 기쁨은 키워주면서
겨우 하루의 매상을 맞춘다
술집여자라고 낮춰보지만
내 품에 안겨보시면 안다
세상에서 당신이 얼마나 외로웠던가를
그럼에도 불구하고
여자는 다정하게 말한다
손님, 계산하셔야지
나도 살고 당신도 살자

3

이 주일의
검색어

이 주일의 검색어

박헌영, 김산, 이광수, 마광수

서울지하철노선도

폴 사이먼

가까이서 본 명왕성

심미주의자를 위한 삶의 7가지 원칙

전복과 반전의 순간

캐논볼 애덜리

임화는 정말 미국 간첩이었나?

서울극장 상영시간표

이루어질 수 없는 사랑 mp3

은퇴 후 거치는 세계 5대 대학

등정주의와 등로주의

누가 슬라보예 지젝을 미워하는가

북만주

홍상수

시는 믿지 않는다

커피 만든다
오늘 아침 일용할
커피는 말라위
식탁에는 책 두 권
잡지와 단행본
이복형제다
저기여기 들춰 본다
읽을 것 까지는 없고
커피부터 마신다
마시면서 전화 걸고
문자 보낸다
육십 넘어서도 문자질이다
문장노동도 그렇다
광기를 녹이는 민간요법이라 생각하라
라디오를 튼다
라디오가 본의 아니게 흘리는 잡음을
나는 사랑하리라
공들여 들어야 할 게 없다는 게
오늘의 교훈이다

잔을 씻고 노트북을 열고
시를 쓴다
어디까지가 시인지 나는 모른다
쓰고 난 뒤 손 끝에 남아서
나를 쳐다보는 미열을 즐기려고
나는 그저 쓴다
시는 믿지 않는다
정답

하루살이

스타벅스에 앉아 내다 본 안목항
파도가 밀려왔다 오던 걸음으로 돌아선다 섭섭한 듯
여기가 아닌가봐

삶을 너무 사랑하는 사람을 뭐라 부를까
생각하는 동안 내 가는 귀를 적시는
보사노바 한 가닥

70권의 소설을 출판한 소설가가 신작을 집필 중이다
아직 자신의 소설을 쓰지 못했다는 뜻이겠지
고생이 많다

　─ 뉘시오
　＝ 지나가는 과객이오
　─ 어서 지나가시오

배 지나간 자리
아으 자리가 없다

없던 걸로 합시다

아시겠지만 나는 시라는 걸
끄적이면서
내가 살아보지 못한 장소를 꿈꾸지요
물론 번번히 실패하지요
쓰고 나면 내 시는 너무 시 같아서
또 실패하고 만다는 거 아시잖아요
저번에도 늦은 밤 커피 마시면서
여러 말 나누었는데 기억나는 게 없군요
그건, 없던 걸로 합시다
내가 실패하는 대목은 시를 시처럼 쓰는 거지요
쓰고 나면 그냥 시가 되는 비극을 아시는가요
시같은 시
사랑같은 사랑
정치같은 정치
여자같은 여자
학자같은 학자
노숙자같은 노숙자
당신만이라도 제발 더 헷갈리기를!

좋은 책

비가 온다 이 문장 열 번만 반복하고 시를 마치고 싶다

그래도 되겠는가 그건 시가 알아서 할 일이다

시인이 그런 것까지 신경 쓸 일은 아니다

너무 이해되는 시들은 문제다

시라는 물건이 이해가 된다는 것은 수상하다

나는 헷갈리고 싶어 시를 읽는다

누가 내 시를 그렇게 읽어주면 감사하겠다

　— 시인 양반 당신의 시에서 이 말은 무슨 뜻이오?

　= 시인에게 그런 걸 묻는 건 실례입니다

오늘은 45세 이하 시인의 책을 읽었다

무슨 말인지 하나도 모르겠다

좋은 책이다

청마 생각

지심도를 돌고 나오니 금방
장승포 건너가는 배가 선착장을 떠나간다
다음 배는 두 시간을 기다려야 한다
걸어서 바다를 건너기로 한다
하나 둘 하나 둘 왼발 오른발
이런 스텝으로 남녘의 봄바다를 건너왔다
청마에게 시론 교수직을 제안했는데
시인은 20분 수업하고 더 할말이 없다며
교실을 나와 대학으로 돌아가지 않았다고 전한다
사실은 모르겠고 틀려도 맞아야 한다
일정상 청마생가는 생략하고
청마생각만으로 봄날이 저물었다
사정이 이러하니
시에 대해서 이러쿵저러쿵 떠들지 말자

휘경동

가끔 휘경동 생각난다 서울에 불시착해 단칸방을 살던 곳 그
때는 시인이 아니어서 시인처럼 살지 않았다 먹고 자고 눈뜨
는 식이었다 막살았다 빈둥거리는 게 그즈음 내 보직이었다
주말이면 117번 노선버스 타고 강남터미널에서 강원도로 가
곤 했다 민주화가 덜 된 시절이라 생활은 최루탄 사이로 왔
다리갔다리 했다 그때도 시는 심하게 읽지 않았다 서로 맷
글 달아주고 빨아주는 한국문단은 한결같은 나의 연민이다
전위는 사라지고 모두가 전위가 되었다 눈 오는 날 위생병원
지나 청량리까지 걸어갔다 오기도 했다 그래야 될 것 같았다
지금이라면 안 그런다 아침마다 마당가 화장실 앞에서 줄 서
던 휘경동 단칸방 그림이 떠오른다 빨리 좀 싸시지 그땐 그
랬다 여직 덜 싼 게 있어 자판을 두드리고 있는 나도 나다

시란 무엇인가

세상사람 모두가 내 시를 읽는다는 착각으로 시를 쓴다 또라
이가 되는 순간이다 쓰고 지우고 다시 쓴다 어떤 줄에서는
오래 멈추고 놀기도 한다 이렇게 쓴 시 아무도 읽지 않는다
친구에게 보여줬더니 그는 시 쓰느라 바빠서 내 시 읽을 겨
를이 없다 늙은 노트북이 온몸을 떨어대며 토해낸 시는 누가
읽는가 내가 읽는다 나 말고도 전등도 읽고 의자도 읽고 열
평 남짓한 원룸의 벽도 내 시를 읽는다 지나가는 달빛도 시
군! 하면서 몇 줄 맛보고 간다 밤늦게 등 구부리고 쓰다보면
문 두드리는 기척이 있다 쓰다 남은 시 있으먼 한 줄만 빌려
주실려우 늦밤의 바람소리다

나는 그렇더라구요

지금 모스크바에 도착했어

별일 없지

이런 문자를 날리고 싶은 순간에

중복 더위에 시달리고 있네요

수상한 슬픔 몇 조각이 몸에서

달그락거리는군요

저들끼리 놀게 두지요

어렸을 적 고향에는 할머니와 할아버지와

살아가던 친구가 있었는데요

아버지는 육이오에 행불처리 되었고요

손이 귀하다고 할아버지는 손주를 일찍

장가보내려고 했지요

창피했던 친구는 열 일곱 살

농약 먹고 콱 죽어버렸어요

그후로 나는 열 일곱 넘게 사는

인생에 대해 철학하지요

너무들 사는 거 같기도 하고

아닌 거 같기도 하지만

대한민국 현실에 대해 거품 무는 분들 보면

대체로 인류는 참 끔찍하구나
나는 그렇더라구요

최악의 하루

때는 2016년 12월 한 해가 저물어가는
어느 날 어느 장소
나는 작가와의 대화에 불려나갔다
흔히 있는 일
출판사 사장과 교정을 본 여자 직원
독자로 보이는 가정주부 두 명
작가로 추정되는 나
이렇게 다섯이 모여 앉았다
마음없이 모이면 이런 형식이 된다
출판사 사장의 개회사가 있은 뒤
작가가 입을 먼저 연다
이렇게 만난 것도 인연인데
제가 커피 한 잔 사지요
그때 독자가 말한다
작가님 책은 주지 않나요
사장이 말한다 줍니다
그날이 작가로서 최악의 하루는 아닐 것
개봉관에 걸린 영화가 아니다
정색하고 커피를 마셨던 날이다

그녀에게서 배운 것

내게서 시를 배운 여자가 딱 한 명 있음
그녀는 남보다 똑똑할 것도 없고
덜 똑똑할 것도 없는
생각이 남 다를 것도 없고
남 같을 것도 없는
이쁠 것도 안 이쁠 것도 없는 그런
시 쓰기에는 딱 좋은 사람이다
그녀가 내게서 배운 것은
개정한글맞춤법과 띄어쓰기
마침표와 쉼표 사용법
자기 안에 침묵의 공간을 만드는 법
그녀가 내게서 배운 것은
시 쓰지 않고 버티는 인내심이었을 것
지금껏 시 한 줄 없이 살아가는
생각을 슥슥 지우며 살아가는
그러면 어떻고 안 그러면 어떠냐고 웃어버리는
그런 그녀를 나도 모르게 존경하게 되었다

시를 읽어야겠다

동지 지나간 겨울인데 봄같다
지금 내리는 비는 봄비가 되겠다
봄비 맞지? 그렇다는군 비가 말한다
나뭇잎 한꺼번에 와르르 떨어진 아침길
이 걸음으로 한 제천까지 가버리고 싶다
때마침 친구가 전화 걸려왔다
내 시 좀 읽어주게 그러면 나도 자네 시집 읽을게
품앗이 하자는 거야?
집으로 돌아가 낮이지만 등을 켜고
조용히 앉아 시를 읽어야겠다
누구 시를 읽을까
그야 내가 쓴 시지
써놓고 민망해 소리내 읽지 못했던 시
오늘은 그 시들 입에 넣고 우물거려야겠다

우산동 블루스

안녕하세요
학생이 인사하고 지나간다
헛것인 나한테까지 인사를 하다니
학점을 좀 올려줘야겠군
맷돌식당 사장님 배달오토바이 소리가
달달거리며 교문으로 떠내려간다
저렇게 살아야 한다
매일 저렇게 부르릉 거리며 살아야 한다
안녕하세요 사장님
나는 교양과목 강의하는 교수인데요
비빔밥 한 그릇도 배달 되나요
영서관 308호실입니다
아유, 고맙습니다
고추장 넉넉히 보내주시고요
함박눈이 오는군 강원도 원주시 우산동

2016년 12월 21일

잠 깨우면서 읽었던 책은
무라카미 하루키가 아직 구상하지 않은 소설이다
그러니까 내용이 있을 리가 없는
소설가의 빈 페이지를 읽으면서 하루를 도모한다
냉수를 마시고 창밖을 시크하게 내다보고
안개군 오후는 비라지
대관령은 눈보라가 분명해
라디오를 켠다 나도 켜지고 동시에 잡음도 켜진다
미혼의 아나운서가 진행하는 음악방송
조재혁이 드뷔시의 '기쁨의 섬'을 두드리고 있다
커피를 만들어야지 누가 만들지?
내게 시키면 된다
오늘 일정은 비서에게
비서는 결근이다 그러면 그렇지
나에게 비서가 있을 리 없지
그것도 내게 물으면 된다
시시한 하루가 출렁대기 시작한다
시가 둘만 모이면 시시해지는 까닭을 생각하며
선반에서 커피를 꺼낸다

커피는 동이 났음

오늘은 브라질산이다 글라인더에 콩을 담고

손잡이를 묵직하게 돌린다

콩은 어떻고 로스팅은 어떻고 드립은 어떻고

그러거나 말거나 오늘은

전문가들의 식과 법을 귓등으로 날린 막드립이다

커피를 잔에 수북하게 따르고

마시는 시늉을 한다 입맛을 느낀다

커피가 없으니 말로만 해 본 리허설인데

이 짓도 재미있다

사는 척만 해도 삶의 알갱이가 씹힌다

사는 게 취미는 아니지만

어떻게 늙을까

어떻게 늙을까
질문하는 동안 또 늙어간다
질문을 바꾸겠다
어떻게 죽을 것인가
뭐 빠트린 거 없나 저기여기 살피면서
왔던 길 느리게 되짚어 가는 길
그래도 답은 없다
어떤 인문학도 결론은 주지 않는다
주는 느낌만 주는 철학을 믿지 말자
들뢰즈처럼 70에 아파트에서 투신?
그게 답이라면 음 그럼
70이 넘은 자들은 뭐지?
뭐긴 뭐겠어 뭣도 아닌 자들이지
어떻게 늙을까
그대 아직도 질문 근처에 있는가
뭣도 아닌 것처럼 살면 되지
날마다 그대 전두엽을 노크하는
헛것을 정중하게 접수하시라

시의 역사

김춘수는 김춘수처럼 썼다
김영태는 김영태처럼 썼다
오규원은 오규원처럼 썼다
참 고마운 일이다
에즈라 파운드는 에즈라 파운드인 듯 썼고
에즈라 파운드의 애인은 에즈라 파운드의 애인인 듯 썼고
에즈라 파운드의 친구는 에즈라 파운드의 친구인 듯 썼다
서정주는 이상처럼 쓰고 싶었을 것이고
이상은 김소월처럼 쓰고 싶었을 것이고
김소월은 임화처럼 쓰고 싶었을 것이다
그렇지 않았을까
자기 시를 자기 시처럼 쓴다는 것
이것이 시의 역사가 아닐까

빗소리

감나무 밑에서 빗소리 듣는다 이런 날은
시시한 시를 써야 하리 쓰기 전에 머리를 풀자
천둥 바람 폭우에게 일일이 이름을 붙여주고
출석을 부르자 불러도 오지 않는 것은 죽은 빛이겠지
쓰였다가 지워진 채로 복원되지 않는 문장도 있다
상관없다 진짜 시는 문장으로 나툴 필요가 없고
기억될 이유가 없다 잠시 후 잊혀질 시
처삼촌 벌초하듯 쓰는 것이 진정한 시다
감나무 밑에서 굵은 빗소리 듣는다
빗소리가 떨어진 감에 얹혀서 굴러간다
편의상 이 지점을 강원도라 부르자
어디라도 상관없다 세상에 상관있는 것은 없다
그건 거짓말이다 상관하고 싶은 것만 살아 있다
시가 너무 길어지는군 긴 시는 쥐약이다
감나무 밑에서 가늘어진 빗소리 듣는다
수수하게 생긴 옆집 백일홍이 건너와
내 손을 잡았다 기교가 없어서 좋다
기교가 있어도 상관없다 시시한 시를 쓰는데
기교까지 곁들이면 그건 반칙이다 삶이 놀란다

계속 빗소리 듣는다 끝물 여름과 첫물 가을 사이에
양다리를 걸치고 감나무 밑에서 빗소리 듣는다

이름이 시

내 시 읽을 때
첫째 의미 따위를 찾지 말 것
그건 아무래도 촌스럽거든
둘째 가치를 따지지 말 것
가치는 무슨
셋째 그냥 죽죽 외국어처럼 읽을 것
밑줄이나 감동 사절
한국시 재미 없다
시는 김수영에서 끝났던 것
(여기 댓글 달릴까?)
갈 데까지 가버린 시들
이름이 시다

혹시, 외로우세요?

가을에는 좀 센티해지면 어떠우
이 어투는 김영태의 것
그건 그렇고 봉산동 건너편 어디 가면
(가르쳐줄 수 없는 사정 이해 바라며)
석굴 안주에 엘피판으로다
배호까지 들려주는 곳이 있소이다
배호가 살아 있다면 비슷하게 늙었을 주인남이
느린 몸짓으로 아예 1960년대식 표정으로
고물 앰프에 판을 걸면
한 시대는 참한 흑백으로 살아오시요
나는 내 리듬으로 아득해집디다
사람은 다 자기 노래의 주인공 아니우
술청에서 취하고 있는 각자의 사연이
이 순간 봉산동의 불멸이지요 불멸
혹시, 외로우세요?
그럼, 꿀꺽 삼키세요

시인의 말

내게 시집을 내는 일은 순전히
시집 앞에 놓이는 시인의 말을 쓰기 위함이다
그것은 시집에 새기는 자해(自害) 문신이다
이런 것이었어 어쩌구 저쩌구
몇 줄을 쓰기 위해 나는 시집을 낸다
시집이 나오면 지인들에게 사인본을
주는 일도 짜릿하다
시쓰는 일보다 시인의 말 쓰기가 난감하고
누군가에게 줄 서명을 하는 건 더 거북하다
재선충에 걸린 소나무님께
여름날 산책길에 만난 분홍 나팔꽃에게
돌아가신 김춘수 선생님께
내 수업을 알뜰하게 들어준 청년 이군에게
죽은 김영태가 나를 표절했다고 흥분하던 독자님께
에즈라 파운드에게
이 나라 말아먹는 정치가들에게
나의 오랜 옛친구 명소은 시인에게
구름에게 밤안개에게 스탄 게츠에게
시청로 92번지 경비원에게 눈물에게 첫눈에게

낮술에 쩐 행크에게
미처 서명하지 못한 분들에게

블루스를 부탁하며

자칭 2·5류 소설가가 원주에 와서 술을 마신다 단계택지 뒷골목 목로에 앉아서 우리는 노년의 빛나는 한순간을 원샷했다 소설 속 인물들과 헤어지고 자정 지난 교도소 뒤편을 걸어오면서 지나가는 바람을 쥐어보았다 손에 잡힌 건 바람이 아니라 바람이 아니라 바람이 아니라 글쎄 그게 뭐였는지는 모르겠지만 하여간 손바닥 안에 그득 묻어오는 게 바람은 아니었다는 것 소설가는 이대로 사라져도 좋겠다는 문자를 날리고 사라졌다 좋은 생각이다 소설가는 실종되고 시인은 자살하는 게 문학적으로는 옳다 그렇지만 눈 질끈 감고 사라지지도 말고 자살하지도 말고 쓰자 소설쓰기 바쁘니까 사라지지 마라 한 편의 소설이 노트북을 구원한다는 듯 가장하며 쓰자 그는 집필실을 찾아 앞대로 떠나갔다 문학상 수상작 같은 고리타분한 소설은 치우고 소설같지 않은 소설이나 쓰라며 작별했다 살 날이 많지 않다 블루스를 부탁한다고 말했던 뮤지션처럼 고전적으로 손을 흔들었던 밤이다

어느 가을 저녁

물기가 묻은 피아노곡이었다 안톤 체홉이 아니고
안톤 브루크너다 그렇다면 그렇다
제목은 어느 가을 저녁 조용한 사색
저녁에 걸었던 중랑천이 내게 와서 물소리를 들려준다
다시 듣기다
왜가리가 움직임없이 물소리를 듣고
지나가는 전철이 도봉산을 배후로 노을에 젖었다
젖었다 노을을 손에 묻혀 보았다 자연산이었다
고양이를 안고 가던 소년이 시인이냐고 물어서
아니라고 짧게 끊어 대답했다
나는 나로 돌아가고 싶다
이제 틀렸지만 생각은 버리지 않는다
돌아간다고 달라질 것 없으니 그냥 사는 게 좋겠다
그래 그게 좋겠다
중랑천 물소리 따라가다가
누가 부르는 것 같아 돌아본다
아무도 없다

본 사람 없어 다행

부부처럼 김빼고 서서 '상록수'를 부른다
전인권과 양희은
저런 일도 있음이다
40년전 노래는 왜 부른단 말인고
그 시절은 끌려오지 않고 노래만 자꾸 흐른다
연구실 벽에 젊은 양희은 사진을 걸어놓고
숨을 고르던 시절도 있었으나
그때는 왜 그랬는지 나는 묻지 않는다
혁명이 없는 나라에서 혁명의 노래만 들으면서
분주한 세월을 까먹었구나
저분들은 무슨 생각으로 세상에 출연해서
박수를 받고 있는 걸까
앞장 서서 목청 높이며 저 노래 부르던 선수들은
제 몫을 제대로 수금하셨는지
주말 저녁 원 플러스 원 혁명 한 접시 시켜놓고
TV 앞에서 잔을 들다가 울뻔 했다
본 사람 없어 다행

추분

아침에 본 것
나보다 일찍 일어나 시들고 있는 식물들
이를테면 나팔꽃 애기똥풀 달개비 개망초
쑥부쟁이 도라지 풀숲에 숨은 늙은 호박
달맞이꽃도 출석이다
코스모스는 빠졌다
걷다가 돌아보았다
저분들과 나 사이 행간이 촘촘하다
이거 무슨 뜻이지?
소생은 모르고 지나갈 뿐이다
건성으로 사는 삶이 존경받아야 한다
불완전연소한 인생에 경의를

밑줄

혼자 빈둥대는 저녁 일곱시 부근에 밑줄
어둠은 느리게 다가오고 음악은 가볍게 흐느낀다
좋네 가벼워서 좋네 손잡고 싶어지네
바람 한 줄 불어와 나를 흔든다 밑줄
나는 두 권의 책을 번갈아 읽으며 종일 뒹굴었다
오에 겐자부로와 국내시인의 시집이다
낮은 흘러가 이미 과거가 된 것
책을 붙잡고 있던 내가 보인다
지금보다 몇 시간 젊은 내가 책을 읽는 광경을
상상해 보자
흐느끼던 음악도 지나가고 악보만 남았다
엷은 어둠에 어둠이 포개지고 또 포개진다
아무것도 손대지 않고 있는 이 순간에 밑줄
남몰래 조금 울었다면 남모르게 또 밑줄

아름다운 거짓말

본가에서 나와 노동부 마당에 주차했다 행사장 근처는 차 세울 데가 없을 것 같아 그렇게 머리를 짰다 강릉의료원 앞을 지나서 강릉대도호부를 향해 걸어갔다 남문거리는 모르는 사람들로 북적거렸다 시인을 알아보고 사인을 받으려는 사람은 없었다 초가을 한낮의 투명한 외로움이 한차례 훑고간다 오늘의 행사장은 교회를 개조한 곳이었다 작은도서관 명예관장에 임명되어 북콘서트에 참가한다 북콘서트는 무얼하는 것일까 대본도 리허설도 긴장도 없이 그냥 간다 여드름을 달고 다니던 골목길을 흰머리를 얹고 간다 오래 살고 볼일이다 아무 이룸도 없이 고향사람들 앞에서 떠들게 되다니 놀라운 일이다 누군가는 물을 것이고 나는 대답할 것이다 그냥 떠들 것이다 예상건대 내 말은 거짓말일 것이 뻔하다 아름다운 영혼이 빚어내는 아름다운 거짓말이다 나도 믿지 못할 말들을 또박또박 시인처럼 떠들고 있을 것이다 누구도 나를 알아보지 못하는 고향의 오래된 골목길에서 나의 자연스러운 거짓말에 정직하게 놀랄 것이다 여름과 가을 사이 참말과 거짓말 사이 고향과 초가을 사이 잃어버린 골목 사이로 나는 거짓말처럼 한 사람의 시인처럼 걸어갈 것이다

시작 노트

무늬만 시인
나는 이 말이 좋다 진짜가 못된다는 뜻이겠는데
살아보니 그런 건 중요하지 않다
청탁이 오면 시작 노트 같은데 써먹으려 했는데
요즘은 그런 지면이 없어서 여기다 쓴다

슬픔이라 썼으면 그 말 속으로
슬픔 속으로 쑥 들어갈 수 있어야 한다
그러지 못하고 슬프게도 슬픔의 바깥을
빙빙 돌며 슬픔을 말로 가리킨다면
그것은 무늬만 시가 될 것이고

세상에 이런 시 저런 시 많은데
무엇이 되었든지간에 말의 밖에서 시쓴이가
보초를 서고 있다면 그건 말짱 꽝일세

그런 게 어렵다면 방법은 하나 있지
단 한번이라도 말의 몸이 되어보는 것
슬픔이라 쓸 것이 아니라 슬픔의 육체가 되어보는 것

이 말같지 않은 서글픔

그것뿐이야

골목길 늙은 과부가 끓여주는 국밥 먹고
헛소리 하고 싶은 날이다
그런데 이 문장 몸에 붙지 않아
누가 버린 옷 얼른 주워 입은 듯
그렇다 치자 그렇다 치고
중간고사 시험감독 가는 강의동 앞
어느 사이 느티나무 몸이 허공에 붉었다
시험은 접고 저 그늘에서 가을을 나고 싶군
그럼 월급이 안 나오겠지
ㅎㅎ
단풍잎 하나 주우려고 무릎 접고 엎드리네
그것뿐이야
뭐 더 있을 게 있겠어

석관동에서, 첫눈

어제 입었던 옷 그대로 입고 나간다
바지도 그렇고, 자켓도 그렇고 양말도 그렇다
구두도 어제 신던 그대로다 그저께도 저 구두 신었다
몸도 그대로다 이건 장담할 수 없다
생각도 그대로다 이것도 장담 못하겠다
요즘은 내가 나를 믿을 수 없어졌다
이제 나는 거의 내가 아니거든
말하자면 나는 나이고 싶지 않거든
다시 말하자면 나는 누구라도 괜찮거든
이제는 내면이 있는 사람이 거북해졌거든
그런 거 개나 주지
(개들이 토하겠다)
불암산 배경으로 떨어지던 가는 눈발이
석관동 근처에서는 꽤 퍼붓는다
신이문역에서 돌곶이역까지 걸었던 날이다
첫눈이 왔다고만 적어둔다

김형, 후배시인들을 믿습니까?

어슬렁거린다는 말이 없었다면 이런 날
광화문 근처를 어슬렁거리지 않았겠지
시는 시들었고 산국의 그늘도 져버린 날이다
나는 지금 슬렁슬렁 걸어간다
손에 쥔 것도 없고 놓을 것도 없는 채로
슬렁대며 광장을 횡단한다 스타벅스 앞
흐르는 사람들 당신들
나는 아무래도 당신들 속에 있지 않다
그게 좋겠다 더 걸어가 본다
여기저기 살피며 눈짐작을 한다
1930년대 조선의 경성을 가기 위해
한 대의 푸조를 기다리던 곳이 이쯤이었을까
저쯤이었을까 일행없이 훌쩍 떠나서
내가 만났던 예술가들 오감도를 수정하고 있던 이상 만무방
을 낭독하던 한복 차림의 김유정 파이프를 물고 있던 이태준
구인회를 탈퇴한 이효석이 혼자 커피를 마신다 김기림과 정
지용은 보이지 않고 머리에 함박눈을 쓴 박태원이 손을 흔들
며 들어온다 구본웅과 악수하는 풍경 이효석이 이상의 귀에
대고 했던 말 같은데 뚜렷하지는 않다 김형, 후배시인들을

믿습니까?

이런 말이 아니었을까

이 대목 어딘가로 재즈 한 줄이 흘러갔다

그리고 내 앞에 오래된 버스가 멈춘다

아무도 내리지 않고 아무도 타지 않았다

(눈 깜짝할 사이)

졸고 있던 시인 일명이 버스에서 내리는 것을 나는 보았다

깨고 보니 그런 줄거리다

몸 밖으로 나간다

라디오 켜놓고 자버렸다

그래선 안 된다는 법은 없지만

몸에는 쓸데없이 음악이 붐빈다

합창에 이어 슈베르트가 나온다

(내가 슈베르트를 좋아하는구나)

그런 생각

그래도 슈베르트는 되도록 안 듣자는 쪽이다

왜? 생각해보니 왜는 없다

왜는 그저 저혼자 서글픈 직면이다

그 시간이면 집밖을 돌아다니자

시간의 서랍에 넣어뒀던 기억들 꺼내

주머니에 넣고 걸어 보자

자, 어제 써 본 소설의 첫 장면 속으로 훌쩍 들어가자

날 알아보는 사람이 없다 소설 속이라 그런가 보다

며칠 전 개업한 술집 창문에 체 게바라 초상이 걸렸다

저건 무슨 뜻일까 그 옆은 미장원 조금 더 가다 꺾이면

커피집 당구장 노래방 사케집은 간판도 주인도 바뀌었다

소설은 여기까지다

아침에는 몸에 스미지 못한 음악들

나갑니다 그러면서 줄줄이 흘러나온다
급히 밀려나오느라 휘어지고 꼬부라진 음표도 있다
나도 나와 헤어지고 몸 밖으로 나간다
나, 간다로 읽어주시기를

초고 냄새

금방 쓴 초고를 손 보려다
내밀었던 손 거두어드렸다
(이 속도!
누구라도 봤으면 좋았을 텐데)
내가 내게 한 말
잘한 짓이다
헐거운 문장 이음새에서 덜 식은 김이
새는 게 보여 한참 그 자세로 있었다
소리도 더 깨끗이 지워진 묵음의 시간이다
시어들은 다 내 것이 아니고 문장에서도
다른 세상을 다른 식으로 살아간 사람들의
몸냄새가 밀려왔다
삭제해야 할 행도 나름의 자세로 버티고 있다
겨울 아침, 감출 길 없는 이 초고 냄새
다시 내가 내게 한 말
그냥 둡시다
시가 좀 헐거우면 어떻겠소

그야말로 뻔한 시

뻔한 시 한 줄 썼다

쓰고 보니 뻔한 문장들만 모였다

이런 말들 다 어디서 왔다니

새롭다는 말 이거야말로 웃기는 거다

새것은 없다고 말하려는 건 아니고

새것이라 우기는 우매가 측은하다는 말이다

참신하다는 어휘는 사전에서 지워야 한다

모든 참신함의 고리타분이여

모든 고리타분의 참신이여

나는 뻔한 시가 좋아져 버렸다

지지고 볶은 얼굴같은 시 말고

뻔하고 흔하고 무가치한 표정의 시가 좋다

그야말로 뻔한 시

누구의 눈길도 붙잡지 못하고

아무도 귀 기울여주지 않는 시 말이다

중랑천에서 색소폰 불고 있는 저 아저씨

시가 한번도 제대로 도착해보지 못한

그 뻔한 지경에 슬며시 가보고 싶은 아침이다

잠시 소등한다

당신의 밤과 음악
밤 열시부터 열 두시까지 두 시간
내 정신을 책상 위에 엎드리게 만드는 시간
알람브라 궁전의 추억이 기타에 실려서 지나간다
여기가 어디야 몸이 먼저 일어나고
덩달아 몸에 붙었던 추억이 일어난다
진행자는 나이 먹은 아나운서다
금방 커피 마시고 헤어진 사이처럼 가깝지만
몸으로 만난 적은 없다
밤과 음악 사이에서 우리는 같이 늙어간다
잘 안다고 믿는 것은 잘 알고 싶다는 문장일 뿐
세상 구석 어디에도 내가 잘 아는 것은 없다
밤색 코트를 입고 불쑥 연구실로 들어온
염색 않고 흰머리 간직한 같은 회사 동료선생과
삼십분쯤 촛불의 화학적 성분에 대해 토론하다가
시험감독 핑계로 자리를 뜨던 그가 헛것으로 보였다
피아졸라의 부에노스아이레스의 겨울이
강원도의 겨울로 바뀐 것도 모르고
알람브라 궁전을 돌아다니는구나 이 헛것

이제는 밤 열 시면 충분하다
출렁거리던 밤도 멈추고
악보를 벗어나고 싶은 음악도 놓아줘야 한다
나는 내가 모르는 나다
처음 보는 사람에게 말 걸 듯이
내가 나에게 공손하게 물어보는 리허설
누구세요?
그렇게 묻고 잠시 소등한다

4

대체 강릉에
뭐가 있는데요?

또 냈어요?

이런 말
가끔 듣는다
누군가에게 새 시집을 줬을 때
돌아오는 반응
또 내면 안 됩니까?
이렇게 말할 수는 없다
네, 할 수 없이 또 냈습니다
대답하면서 쑥스러워진다
이래저래 쓰는 노동이
벅차오른다

벌써 여름

지미 스콧을 듣고 울었다는 사람은
마돈나
우리 때 마돈나는
마시고 돈 내고 나가라
그런 말의 줄임이었다
같이 마실 인간이 있을 때가 좋을 때다
소년이자 노인이고 남자이면서 여자인
지미의 성대를 빌려
울고 싶을 때가 있다

달력을 넘기자 유월이 왔다
오늘이 그날
마음이 온통 붉으죽죽해져
나는 장미 공산주의자가 된다
누구에겐가 장미라는 이름만 주고 싶다
부르는 순간마다 가시에 찔려 피 흘려도
나는 모를 일이다

봄밤

경적없는 소형차가
고속도로를 달려간다
어디로 가시는가
질문은 힘이 없지만
질주는 당당하다
밤이 지날수록 안개는 짙어지고
빗방울은 가락오락이다
가만히 누군가의
삶을 만져본다
나는 살아 있다
이렇게 쓰고 싶은
봄밤

말하기 10초 전

대관령휴게소 저 밑
산불이 뜨겁게 핥고 간 자리
어린 내가 살았던 자리 아닌가
본인은 강릉작은도서관 수업을 가신다
나의 직함은 명예관장
월급은 없다 좋지 아니한가
산바람 저 아래서 끓고 있는
바다의 뒤척임이 나의 월급이다
너무 시같은 시
내가 떠들 제목이다
작은도서관에는 이름답게 몇 사람
서로에게 흘러넘치려는 마음으로
오지 않은 각자의 시를 기다리고 있겠지
— 어떻게 오셨어요?
= 갈 데 없어 왔지요
— 그게 시군요
무단결석한 여성의 빈 자리
그것은 해설이 필요없는 오늘의 서사시다
주차장에 차를 놓고 계단을 오르면 2층

방금 시가 쉬었던 교실로 들어가 인사한다

입 열고 말하기 10초 전

나의 작은 시수업은 바람결에 완성된다

쓰다

그렇다 나는 쓴다
오로지 라고는 하지 않겠다
그냥 쓴다
나는 강원도 강릉 산촌 태생
국적은 대한민국 늘 그런 나라
그런 모교인 강릉교육대학은 폐교되었다
교육학개론 강의실을 나와 바닷가
공동묘지에서 듣던 파도소리는
스무살의 시가 되어 첫시집에 살고 있다
내 살림은 스무살 혼자
파도소리에 젖던 그날로부터 시작한다
내가 쓴 아홉 권의 시집
더불어 네 권의 산문집
그 책 속에는 내가 벗어놓은 나
나를 버린 내가 누워 있다
심심할 때 그 사람을 불러본다
그는 희미하게 살아 있다
그는 등단하지 않은 시인이다
그가 시인인 것은 몇 권의 시집을

썼기 때문이 아니라 쓰지 않은

단 한 편의 시를 갈망하기 때문이다

한 편의 시는 지금 어디 있는가

나도 모르고 당신도 모른다

나는 초현실주의자다

가족도 초월 직장도 초월 국가도 초월

종교도 초월 선악도 초월 철학도 초월 중앙선도 초월

초월한다 훨훨 오리무중 온통 초현실이다

초현실적인 책을 읽고

초현실적인 꿈을 꾸고

초현실적으로 징징댄다

나는 휴전협정같은 거

대한민국만세같은 거 모른다

고향집은 사라지고 고향만 남은

어떤 주소로 편지 쓴다

아무도 살지 않는 그곳

편지는 언제나 정시에 도착한다

사랑하는 할머니께

사랑하는 살구나무에게 메뚜기 형제들에게

참나무 밑둥에 붙어 울던 매미 허물에게
양철지붕을 삼킨 초저녁 어둠에게
나의 시를 읽어준다
듣고 있나요
듣고 있나요
듣고 있나요
친애하는 나의 시 한 줄
딱 한 줄

끝까지 가보는 것

끝까지 가보는 것
너는 그런 걸 시라고 믿고 숭배하지
여름날 허난설헌 생가에 핀 목향장미는
그저 목향장미로 피어난다
오는 사람한테 인사하고
가는 사람한테 인사한다
어서오세요
안녕히 가세요
안개 끼고 생각의 바닥이 축축한 날은
강문에 가서 해당화 손잡고 놀 것이다
그러나 끝까지 가지는 않는다
끝에는 항상 허무가 서 있다
허균과 허난설헌과 종씨는 아니지만
성은 허요 이름은 무다

약속

그만큼 썼으면 됐다
시는 고만 써야지
그러고도 건넛마을 할머니
텃밭 매듯 또 한 고랑 쓴다
엎드려 끄적거린 시간이 아까워
도리없이 쓰고 앉았다
구시렁구시렁
(시창작에 다른 뭐가 있다는 생각은
믿지 않기로 다짐하면서
내 손가락과 자,
약속)

모든 헛수고는 시가 된다

하루가 푸르고 싱싱하다
몸도 싱숭생숭하고 뾰족한 수 없이
출렁거린다
저 출렁임에다 종이배나 띄우리라
불어라 봄바람

시 쓰느라 과로한 시인들에게
휴식년을 주어야 한다
그러면 야근에 시달리는
나같은 얼치기부터 받아야겠지

우리 업계는 잔업수당이 없다
그래도 동료들은 퇴근하지 않고 쓴다
OECD국가 중에 이런 나라는 없다

이 가치로운 헛짓 허허
아무도 거들떠보지 않는 성스러움
세상의 모든 헛수고는 시가 된다
그래서 시는 시다

붉은 장미

아버님, 저녁을 차려놓을까요
출타하는 시아버지모기에게
며느리모기가 여쭙는 대사다
시아버지는 비장하게 대답한다
놔둬라
착한놈 만나면 얻어먹을 것이고
모진놈 만나면 맞아죽을 테니까
한 끼 얻어먹거나 한 방에 맞아죽거나
그 틈바구니 사이로
붉은 장미 불쑥 솟는 날이다

영월

그 무엇보다 그리고
다른 모든 무엇보다
누군가 영월에 산다고 말할 때
그때마다
그때부터
내 귀는 아득하고 막연해진다
지친 언어의 사원(寺院)같아서
영월은 영월보다 멀고
영월은 영원보다 멀어진다
여기까지 자판 두드리고 보니
이 시 괜히 썼지 싶다
등신

한 모금의 물거품

잘 아는 내 얘기도
풀어놓고 보면 별것 아니고 시시하다
꼭 하고 싶은 말은 하는 게 아니다
하는 척만 하자
재건축 예정지인 상계시장 골목에
모르는 척 피고 있는 장미들
나는 보았네
골목 끄트머리에서 자신의 것 닮은
순대를 썰어놓고 낮술에 시끌벅적이다
— 한 잔 받으시게
저 한 모금의 살아도는 짜릿함
나도 모르게 몸이 움찔거린다
모르는 척 지나가자
몸 풀어놓고 살던 어지러운 골목에서
목구멍 깊은 속으로 밀어넣는 물거품
여래가 없는 초여름 골목이 더 뜨겁다

나의 근심

문득 어느 봄날
눈 앞을 휙 지나
가는 생각
두 손으로 붙잡았다
그게 뭐냐면 그러니까
내 죽은 뒤 혹시 누가
객없이 나를 회고한다는 거
이거 끔찍한 일이 아니겠는가
(회고 금지 가처분 신청)
누가 누구를 기억하는가
그야말로 니나 잘하세요
나는 그냥저냥 제 소리 좋아
비공식적으로 흘러간 물
잊어주시면 그 은혜
잊지 않겠소이다

징글징글한 시

정신없이 허공에 매달렸던 꽃송이
혼자 지느라 혼자 애매한 밤이다
내가 산 하루는 계산이 잘 맞지 않고
손 안에서 그저 물컹댄다
나는 어디서부터 기별없이 떠내려왔을까
미치다가 그만 둔 사람 시늉을 하면서
벚나무길을 걸어갔다
걷기 전부터 미치미치했던 것 같다
꿈은 이쯤에서 기울여 쏟아내자
날이면 날마다 몰려와 징글징글한 시

라면 끓이는 법

면과 스프와 물을 한꺼번에 몰아넣고
동시다발적으로 라면을 끓인다
창턱에 고인 어둠도 한 줌
때마침 불던 바람도 한 잎
냄비에 집어넣고 뚜껑 닫기 전에
1초간 기도
라면이 끓는 동안 끓는 물소리에 맞추어
몸을 출렁거려도 되고
시 한 줄 눈구멍에 넣어도 상관없다
시는 매콤한 시가 좋겠다
심심한 시도 괜찮고
쓰다 만 시도 통과
눈을 반쯤 감고 딴생각에 잠겨도 좋다
전화는 씹고 눈 앞에서 끓어오르는
한 끼에 반 배(拜)
반의 반 배

너무 시 같은 시는 시가 아니었음을

겨울 밤 새벽
두 시
(그 시간에 나는 왜 깼을까)
가끔 혼자 가보는 거기
아무도 없다 물론

뭔지 모를 딱한 마음으로
새벽 두 시 겨울밤을 찾아갔는데
그날은 누군가 나보다 먼저 다녀가셨다
나 같은 인류가 있다는 증거다

어쩜 그를 만날지도 몰라
괜한 짓인 줄 알면서 깨어나
한 줄 시를 두드리고 있다

그럴 줄 알았어

내 시는 이제 보니

자다 봉창 두드리는 소리였어

민낯이었다구

바람 피다 들킨 듯한 부끄러움

그래서 미안하고 안쓰럽다

헛소리 개소리 뜬소리 붕붕

귀신 씨나락 까먹는 소리까지

내 시의 자성(自性)은 그런 거였어

나는 나만 생각했어

그럴 줄 알았다구?

나라도 걱정하고 북한도 걱정하고

비정규직도 걱정하고 희망도 걱정했어야 한다

그러나 그쪽 꾼들 워낙 많아서

하나쯤 엇나가도 경축이라 생각했지

갈 데까지 가보는 것

시에는 아무것도 없다는 거

두 눈구멍으로 딱 마주할 때까지

흘러가 보는 것

설마, 뭐 있는 거 아니겠지!

예스터데이

5월 초하루
살아있는 날들
대낮인데 촛불 켜고 앉아 있다
이 고요 이 망상 이 출렁거림
내 가만한 숨소리
장난삼아 검지로 툭 건드려 본다
일생이 번지는군
이번 생은 이렇게 망했다
아무에게나 감사한다
글렌 굴드 풍으로 동네마트까지 걸어가자
이팝나무도 꽃 피었다
아카시아도 한창이다
다 때가 되니 핀 거겠지

내가 이럴 수가

책상에 돌던 두툼한 시집으로
컵라면 뚜껑을 꾹 눌러놓는다
덕분에 라면은 잘 익었다
파블로 네루다에게 감사할 일이
하나 더 추가되는 장면이다

대충 살자

비벌리 케니를 검색해봤다
28세에 자살한 재즈보컬
그의 일대기를 읽으면서 곡우
아침에 도달한다
악보 위에 몇 점 빗방울이 튀어오른다
살았다는 생각이 왈칵 치밀고 온다
급한대로 손으로 지긋이 눌러놓는다
시를 더 잘 썼어야 한다고 말하면서
내 속의 나를 들여다본다
계면쩍어라
참으로 낯선 우리 사이
무슨 틀딱같은 소리냐고
서로 피식 웃는다
노선사의 말씀을 필사한다
이번 생은 안 태어났다고 생각하시고
네, 그리고요?
대충
대충 사시게, 거사님
감사합니다

합장

고양이를 키워야 겠다

이제 난 틀렸어요

시가 안 쓰여집니다

쓰여지기는커녕 시가

눈에 들어오지도 않습니다

비오는 날 빗소리 뒤 끝에 묻어있던 습기도

내 것이 아니었고

바람 불던 날 바람에 불려가던 낌새도

다 꽝이었습니다

좀 현학적이고 싶고 더 이론적이고 싶고

차라리 예술적이거나 철학적이고 싶었습니다

개판 오분 전을 보여주고 싶었던 거지요

(한 서너 줄 띄우고

새로 시작하는 기분으로

당신도 몇 줄 거들어주세요)

첫줄에 썼다시피 시는 틀렸어요

그러나 거리에서 처음보는 고양이가

전적으로 나를 쳐다보는 저 표정

저 존재방식은 대체 뭘까요?

그 안부가 진짜 궁금합니다

나도 고양이를 키워야겠다
는 아니거든요

살았다는 생각 없이

누구는 백수인 척 산다
누구는 간첩인 척 산다
누구는 여자인 척 산다
누구는 시인인 척 산다
누구라도 그렇게 살아간다
진짜 선생인 척
진짜 목사인 척
진짜 배우인 척
진짜 우파인 척
그러지 않으면 살 수 없다
한순간이라도 애비가 아닌 척
한순간이라도 살인자가 아닌 척
한순간이라도 노인이 아닌 척
한순간이라도 일용직이 아닌 척
살아볼 일이다
하루는 극좌인 척 촛불인 척 눈물인 척 첩첩산중인 척
양성애자인 척 똥도 안 누는 척 다 아는 척 사기꾼인 척
죽은 척 확 돌아버린 척 아주 상또라이인 척
그렇게 살아 안 될 일이 아니다

살았다는 생각 없이
살아볼 일이다

치부

그 시인은 치부가 없어요
이렇게 단언한 사람은 강세환 시인이다
2016년 10월 8일 오후 4시 30분 경
그와 상계동 15단지 연금매장 구석에서
아메리카노를 불러놓고 한때를 지나갔다
잘 보세요 그 사람 시 어디에도 치부는 없어요
치부 없이 시를 쓰는 사람
이거 내 말인지도 모른다
나는 치부 없이 시를 쓴다
(나의 치부책이 껄껄 웃을 일이지만)
그래도 시가 쓱쓱 쓰여진다
그러니까 그게 문제라는 말이겠지
치부가 없다니! 없을 게 없어야지
내겐 별 게 다 없군
어떤 잠 안 오는 밤 자정 넘어가는 시간
수줍게 창문 두드리는 소리에
나의 치부가 눈 뜨는 걸
나 혼자 보는 게 영 아깝다

섬진

뭐
뾰족한 수 없이 심심하게 산다
숨만 쉬고 산다
트위터에서 본 매화 꽃망울
문질러 본다
저 라도 심심산골에서 자식들 대처로
방생하고 혼자 사는 할머니가
콩단처럼 던져놓은 문장
다 지 인생 지가 사는 거지
그때 내 마음 사잇길로
조용조용 흐르던
섬진

그럼, 내일

수선화를 사러 갔다가 이꽃저꽃

안부만 묻고 돌아서면서 문밖에 삼삼오오

종종대는 주머니꽃을 데려왔다

주머니라는 말에 걸렸겠다

결핍이 많은 사람을 위한 꽃

아주머니꽃도 있으려나

기분이 조금 오른다

일교차가 큰 날씨

마음의 격차도 크고 넓어진다

그 간격에 풍덩 빠져 서툰 몸짓을 하면서

웃어 웃으라구 이렇게 명령하고

억지로 조금만 웃어 본다

오늘은 좀 멀리 가보자

봄창고가 있는 데까지 가보리라

그런데 강의가 있군

그렇군 늘 그렇다니까

그럼, 내일

외계에서

봄밤에 전화를 씹었군
이해하시게
세상만사 일체가 소용 없는 날
시간이 멈춘 시간에 일어나
달빛을 업고 허공을 걸었다는 거
마음 담긴 몸 툭툭 건드리며 걸었음
산수유가 반에 반쯤 눈뜨고
깜짝이야 나를 보고 놀라더라고
우린 같은 생물이라 느끼며
작게 웃은 장면
오래 기억하자
전화 씹힌 거 기억하며
그럼에도 불구하고 평안하시라
닿을 수 없는 외계에서 안부 전한다

김소월

제기역 2번 출구로 나가서

잠시 길을 잃는다

지하철 입구로 다시 돌아가려다

생각을 버린다

내가 찾는 길은 길이 아니었다

신설동 방면으로 걸었다

아무 데나 가면 되지

걸음이 먼저 알고 척척 간다

동대문이 나오고 광화문이 나오고

마포까지 가면 해가 지겠다

여인숙에 들어 잠을 자자

잠들기 전에 편지도 쓰자

사연없음

그게 하염없는 사연이다

주인은 옛날식 숙박부를 들이대겠지

그러면 대놓고 쓰자

사는 곳 일정치 않음

직업 무직

행선지 북만주

이름 김소월 65세

헛것에 살다

밤의 해변에서 혼자
이건 홍상수 제목이 아니다
철썩
강문 앞바다 밤파도가 거품 물고
나에게 달려들던 날
나는 말했다 파도야
아저씨한테 이러면 안 되지 안 그래?
해변가 벤치에 또 혼자 앉아
일렬횡대로 다가오는 파도를 몰래
안아주며 한마디 했다 그래
모르는 척 살자
왔다가 돌아가고 다시 밀려오다가
도중에 깨어지는 수고로운 작업에
제목을 붙여준다
헛것에 살다 어떠신가?
그런 게 아니라면 미쳤다고
강문에서 경포까지 혼자
밤길을 걸어가리

나의 가업

내 직장인 책상 위로 햇빛 들어와
고인다 무진장이다
바흐는 37년 동안 직장생활을 했다
그땐 명퇴가 없었겠지
누가 은근히 문을 두드려서 내다보니
자매같기도 하고
엘리베이터에서 의형제 맺은 듯한
아주머니 두 분
구원에 대해 토론하고 싶으시단다
구원보다는 십원이 낫겠지요
저렴한 자작 개그에 기대면서 문을 닫는다
나의 가업은 허기였던가
갑자기 배가 고프다

그러게

3월이군
바뀐 해가 이제 시작된다
뭘 시작하지?
하여튼
시간이 움직인다
안 그러면 큰일이지
촛불도 타오르고
태극기도 휘날린다
이웃들도 봄으로 돋아난다
수선화 보러 가자
가자 가자 정말 가자
상계역 근처 기차 떠난 방금
11번 마을버스 정류장에서
봄을 만나자
봄비 뉴스를 전하는 아나운서의
팔과 다리가 화안하다
철학이 없어 좋다
그러게

횡계 지나는 길

횡계 지나는 길
대관령 저쪽
아는 것도 없으면서
세 시간짜리 현대소설론 수업 하러 간다
(아는 것이 없을수록
가슴 한복판이 흥건하다)
커피나 한 잔 하고 오는 거지
마른 눈발이 바람주머니 옆으로 날린다
예고도 없이 지나가는 생각
저게 오늘 나의 시다
간밤은 트럼펫 솔로에 얹힌
무반주 첼로곡에 흐르던 물기를 닦느라
잠 설치고 꿈도 설쳤다
선잠이 있고, 선꿈이 있듯이
선삶도 있겠지 왜 없겠어
대관령 6터널 나오면 오른쪽
A4 한 장짜리 바다가 눈에 든다
나몰래 설레도 괜찮겠지

슬픔같은 슬픔

일부 산간지역 눈
평창의 적설량 3센치
강원도 영서는 눈없이 흐림

신원을 알 수 없는 남자가
대한민국 만세를 외치고
골목으로 급히 달아났다
경찰이 추적하고 있지만 오리무중
3월 2일 지방뉴스는 이렇게 뜨겁다
자수하기 바란다
당신이 누군지 나는 안다

울고 싶다
그런데 울음에는 벌금이 있어
함부로 울지도 못한다
철학적 슬픔
문학적 슬픔
정치적 슬픔
마침내 슬픔같은 슬픔이 내게 온다

펄펄

눈발이 살아있다

시

검색되지 않으실 거죠?
그러려고 애쓴다
검색되는 건 시인의 실수다
검색질 좀 어지간히 해라
검색으로 발각되는 시는
시가 아니라고 하실 거죠?
알고 있구나
그럼 그건 뭡니까요?
뭐긴 뭐겠느냐
시가 아니라는 간증이지
알 듯 합니다요
어떤 시가 시가 아닌지
검색해보겠습니다요

종점식당에서

후배시인의 시집 발문을 쓰고 얻은 제목을
시에 한번 더 써먹는다
말이 발문이지 두 번 만나고 아는 척
자판을 두드렸으니 멀쩡한 사기극이다
초고를 읽은 시인도 그런 문자를 보내왔다
나이 들면 그렇게 되나 보지요?
어떻게?
그의 시집에서 읽은 「종점식당」
그 시 좋아서 이것저것 떠들게 되었다
저장키를 누르고 발문골목을 나서는데
수타사 입구 식당이 떠올랐다
거기서 구부리고 앉아 물소리에 젖으며
뭔가 좀 씹어보면 좋겠다
뭘 씹지?
속주머니에서 지갑 꺼내듯
마음 속에서 마음만 달랑 꺼내들고 떠돌다가
종점식당 장판바닥에 무너져서 하룻밤만 개기자
그러나 득도는 하지 말자
외롭잖아

스빠시바

이 책 저 책 뒤적거리며
눈 가는 대로 한 줄씩 읽기도 하네
어떤 페이지에는 잠 설치며 읽은 자국
여직 거기 있는 어떤 마음
좀 우습지만
라캉의 유일한 저작은 65세에 쓴
『에크리』한 권
나는 시집 몇에 산문집 몇이니
그보다 낫다고나 할까
(아무렇게나 손수 웃음)
달아난 잠 수소문하며 뒤척이다가
뒤척이는 게 삶이라고 정리할 뻔
베란다에 갇혀 격발하듯 꽃 핀
천리향이 방으로 들어와 같이 수근거렸네
그런 친구 하나쯤 두는 것도 좋겠지 이런 밤
생생한 러시아 말로

저게 나지

자기 수집가
조병화가 가는 선으로 김영태의 얼굴을
그것도 정면으로 그리면서 밑에 단 주석이다
얼굴은 그러나 하나도 김영태 닮지 않아서
더 김영태적이다

피아노 소리가 겨울날
오후 세 시의 햇살에 박혀 빠지지 않는다
머리를 몇 번 흔들어도 소용없다

맨몸으로 기어들어온 햇살이 아까워서
산보는 생략한다
수집할 게 없어 좋다
저게 나지

그건 시가 아니다

가슴이 찡한 시가 있다
그게 시일까
시다
가슴이 멍해지는 시도 있다
그것도 시다
좋은 시는 깊이 있는 척
뭔 의미가 있는 척
하지 않는다
진심인 듯 진정인 듯
자신을 속이지 않는 시가
시다
오늘 바람 불었다
그게 시요
오늘 비왔다
그게 시다
정직한 척
뭔가 있는 척
지나고 보니
그건

시가 아니었어

시는 다른 곳에

찰스 밍거스의 시처럼
마르타 아르헤리치의 피처럼
마이클 잭슨
오스카 피터슨
이런 이름들이 꿈틀댄다
명사이다가 동사이다가

어느 날(인지는 잊었지만)
편의점에서 생수를 들고 나올 때
물컹하고 내 속을 빠져나가는 무엇
늘 그게 문제다
내 속에 내가 없듯이
시는 다른 곳에 있었나봐

사소한 신념

수염을 기르지 않는다
재방송은 보지 않는다
서명 같은 거 하지 않는다
비가 와도 뛰지 않는다
짬뽕은 주문하지 않는다
맞장구 치지 않는다
멋 부린 시는 읽지 않는다
찻잔은 왼손으로 잡는다
단골집을 만들지 않는다
고백하지 않는다
대하소설은 읽지 않는다

이
사소하고 찌질한 신념을 지키려고
나는 산다
신념이 깨어질 때마다
삶은 턱없이 웅숭깊어진다

후회할 게 없다

봄
봄이면 살구나무 밑에서
싱숭생숭
수상하게 두근거렸다
여름
여름이면 뜨거운 해변에 소낙비 내리고
가슴마다 천둥쳤다 박수쳤다
가을
가을이면 하늘은 멀리 달아나고
마음은 마음대로 높고 분주했다
기도하듯 엎드려 가계부를 쓰기도 했다
겨울
펑펑 눈 내리는 골목을 걸어갔다
혼자? 아니 나 빼고 혼자!
나를 위해 창 열고 청소하고
음악 들었을 것이라 넘겨짚으면 팔 부러진다
내 몸에 차고 넘치는 기쁨
내 몸에 차고 넘치는 슬픔의 틈바구니에서
원없이 외로웠으니

나는 후회할 게 없었다는 전설

봄밤 한 편 더

그 무슨 통사론적 미열 어쩌구 하면서
숱한 봄밤을 건너왔지
봄밤같은 시는 다시 쓰지 않을 줄 알았어
오늘 낮 미세먼지 미세한 논길을 걸었다
혼자 갔다가 혼자 왔으니 일인용 살림이다
햇살과 잔설과 잡념과 먼 산빛 속으로
그저 끄덕끄덕 잠꼬대 하듯 걸어갔지
후줄근한 몸에 가득 찬 봄소식
내 몸은 내 몸이 아니었어
그러니 이 밤은 미뤘던 잠 다시 미루고
몸 구석구석 묻은 봄을 뜯어내며
시가 아니어도 별 수 없는
봄밤 한 편 더 휘갈기네

시 비젓한 거

스윙하지 않으면 의미가 없다
그러면서 자신은 정작
스윙의 흐름에 속하지 않았던 사람
자신의 음악에
재즈라는 명칭이 붙는 것도 거부했던
빅밴드 지휘자
듀크 엘링턴

시를 쓰면서
이걸 시라 부르지 않으면
뭐라고 불러야 하나 근심 중인
나, 이 사람

김유정역 갑니까?

도청 앞에서 매운탕을 먹고
지방신문에 논설을 쓰는 친구를 만나
헛기침같은 한담을 나누다 갑자기 일어선다
추억은 그 자리에 멈춰도 좋을 일이다
알싸한 바람이 불 것이다
휘적휘적 강원도청 소재지 뒷골목을 걷겠다
나역시 감자바위인데 이렇게 아는 얼굴이 없어도
된단 말인가? 속좁은 나의 사회성을 탓하면서
동시상영관을 찾아나설지도 모르겠다
「생활의 발견」이나 「욕망의 모호한 대상」이 걸린
극장이 있을지도 모른다
운 좋으면 그런 객석을 차지할 수도 있겠다
의암호를 일주하는 것도 잊지 않겠다
택시를 잡고 낮은 목소리로 말하겠다
김유정역 갑니까?
봉두난발로 박사논문 쓰던 시절 아내와 같이
소설가가 태어난 생가터에 도착했을 때
노랑 속살인 생강꽃 냄새 사이의 곁틈으로
바람은 무조(無調)로 지나갔을 것이다

호적등본 같은 장부가 남아 있을 리 없던

신동면사무소를 나오면서

풍문과 회고의 사잇길로 사라져간 소설가가

역시 상기술(上技術)의 임자라고 메모할 것이다

김유정문학관 사랑채에서 쓱 나와보는

때묻은 동정의 한복 입은 소설가를 만나면

어떻게 인사할까?

 ─ 선생님 소설로 학위논문을 쓴 박입니다

 ＝ 아, 박사시군요

 ─ 시도 씁니다

 ＝ 우리 때도 시쓰는 친구들 여럿 있었지요

 요새도 시들 쓰는군요 고생이 많소

 ─ 덕담 한 말씀 해주세요

 ＝ 덕담이라고 복창하면 되는 겁니까?

이런 식으로 흘러갔으면 좋겠다

김유정역에서 표를 끊고 대합실에 앉아 기다리는 동안

나는 쓸데없는 생각에 속이 환해지겠지

이 기차에 오르면 저 1930년대 구인회

사무실까지 직행할 것이다

대낮에도 등불을 들고 걸어가던 사내
염인증(厭人症)에 시달리던
소설가 양반의 손을 잡을 수 있을 것인가
육자배기를 들으며 공중에 누워
권련을 태우던 당신 앞에 설 수 있는가
(당신 앞에만 서면 자꾸 작아지겠지요)
명창 박녹주를 향해 질주하던 당신
징징대지 않고 문 걸어닫고
꽃피는 한세상과 헤어질 줄 알았던 당신
그런 당신과 당신 일행들
이상, 박태원, 박팔양, 정지용, 김기림,
이효석, 김환태, 이태준, 유치진
이 분들 술잔은 어떻게 들었는지
문학보다 먼저 궁금하다
끊어진 철길 위로 기차가 들어온다
나 혼자 기차에 오른다
2017년 3월 29일 김유정역 출발
기행문은 돌아와서 페이스북에 쓰겠다
선생님, 필승이 아저씨랑

들병이들 다 연락해주세요

구인회 동지들도 한꺼번에 초대합니다

이 봄 확 우려넣은 생강주 한 병씩 돌리렵니다

각자, 뜨겁고 신나게 병나발 부시도록

봄빛

명퇴하고 반듯이 앉아 시를 읽는 남자
시의 행과 행 사이를 본문보다 넓게 벌려놓고
입바람을 불어넣고 있다
그는 그 간격 속으로 미친 척 잠수탄다
시는 뻔한 시라야 제맛이 난다
전국노래자랑같거나
국회의원선거 포스터같은 시가 좋다
뻔하게 놀래키는 시는
한번 읽고 버린다
두 번 읽게 되는 시 역시 사절한다
첫사랑만 백번 한 남자가
베란다에 서서 남원주톨게이트를 바라본다
모든 건 저 너머에 있다
대구 쪽으로 죽어라 달아나는 덤프트럭에
아이쿠 봄빛 꽉 찼네 입석이다
저렇게 서서 가는 봄

비

계속 비다

비가 오니 비에 대한 시를 쓰게 된다

눈이 왔다면 눈에 대한 시를 썼을 것이다

민주주의에서는 민주주의에 대한 시가 없고

자본주의 치하에서는 자본에 대한 시가 보이지 않는다

흘러간 가요같은 민중시가 읽고 싶을 때가 있다

뒤집어엎어야 한다는 외침을 듣고 싶다

엎는 것도 이제는 트위터로 지저귄다

괴로우면 철학자가 되고 한가로우면 시인이 된다

제곱 미터 당 시인이 많은 것은

우리 쪽에 실업자가 많다는 뜻이다

다른 풀이가 없다

내일이면 비가 그칠 것이다

비에 대한 시는 접고

햇빛에 관한 시를 쓰게 될 것이다

아직도 비다

젠장, 비가 막 쓰여지는군

예를 들자면

예를 들자면 금요일 낮 같은 때
불맛 그윽한 짬뽕을 끓여 조용히 나에게 먹이고
간이 참선 자세로 햇빛 가운데 앉는다
어제 북한이 발사한 GPS 교란 전파 때문인가?
머리가 맑지 않고 생각도 지지직거렸다
우체국 택배원에게 건 전화도 잘못 갔다
(끝번호 잘못 눌렀으니 이건 북한과는
상관 없음이 곧 밝혀졌음)

북한이 동해를 향해 단거리 지대공 미사일
한 발을 쐈다고 합동참모본부가 발표했다
나쁜 놈들! 나의 국가관은 여전히 건전하다
그러나 그쪽으로 일본 수군이 쳐들어온 것이 아니라면
지금 북측은 전체주의적 외로움에 시달리고 있다
울고 싶은데 아무도 귀싸대기를 때려주지 않는 외로움
그런 게 있기는 있다

4월 1일 먼 봄바다의 수평을 입에 물고
삼켰다 뱉았다 하는 파도를 보면

철학이나 미학은 접어두고라도 일단 한 방 쏘지 않고는
견딜 수 없는 발작은 누구에게나 있다
저 찬란한 봄빛의 유격 앞에 순순히 귀순하기 싫어
누군가는 스스로에게 격발 명령을 내렸을지도 모를 일이다
꽃피는 외로움 속으로 각자 투신하라

대체 강릉에 뭐가 있는데요?

우선

강릉에는 강릉이 있다

바람 불고 꽃 피고 날마다

새로 시작하는 파도가 있다

남문동 곱게 늙은 골목이 있고

조선족 말씨 닮은 강릉 표준어가 있다

마카 달부 오부데이 개락 등등 ㅎㅎ

독립영화관 신영극장 박이추의 보헤미안

감자적 본부가 있다

없어진 빵집 우미당이 있고 청탑다방이 있고

여러 명의 미해결 첫사랑이 있다

시를 쓰지 않는 시인이 살고 있고

난설헌이 달밤에 뒷물하던 초당이 있다

근지러움 참지 못하고 해마다 터지는 벚꽃이 있다

관로처럼 탈을 쓰고 탈처럼 살아가는 삶이 있다

은퇴한 백석 전공자가 시를 가르치는 대학이 있다

다른 것도 있다

시든 꿈도 있다

굶주린 가치도 있다

백세 노인 같은 당간지주도 있다

만우절 아침같은 금학동 거리도 있다

나사로야 나사로야

천주를 모시는 교회의 쇠종도 있다

주문진 어시장과 시나리오 작가 신봉승과 김시습과

이상과 풋과일과 남대천과 칠성뱀장어와

나의 어머니와 당신의 할머니와 싱거운 남자들과

경포대 술 잔 속에 뜬 달도 있다

마카 있는 건 아니다

없는 것도 있다

북만주 벌판, 내몽고 하늘, 금각사, 에즈라 파운드, 미샤 마
이스키, 마일스 데이비스, 무라카미 하루키, 레이먼드 카버,
김소월, 황병기, 민주주의, 극좌파, 사라진 음악감상실 넘버
나인, 을유문고 팔던 삼문사, 불로초, 아프리카, 팜므 파탈,
광화문 광장, 에이즈, 전직 대통령, 충무로역 1번 출구 등등
(당신과 함께 업데이트 중)

뭐니뭐니 해도 강릉에는
뭐라고 말하기 어려운 뭐가 있다
강릉여자가 삼키고 뱉지 못한 솔바람소리
대관령 산신령의 외로움 따위
그런 특별하지 않은 특별함이
강릉에 있다고 굳이 나는
시방 뻥을 치고 있는 건가요?

초여름

잠결에 전화를 받았다
이른 시간이지만 초여름이라
별다른 감각없이 통화했다

잘 지내지?
네, 네
언제 한번 보자
언제요?
전화할게

5

막詩들
— 마구, 함부로, 닥치는 대로

막시 0

나쁜 시
좋은 시 빼고
좋은 시는 없다
잘 쓴 시
잘못 쓴 시 빼고
잘 쓴 시는 없다
쉬운 시
어려운 시 빼고
어려운 시는 없다
너무 시같지 않은 시
너무 시같은 시는 다 빼고
대충 쓰여진 시만 남긴다
시같은 시여 이제 좀

막시 1

내가 좋아하는 시인들

이라는 제목의 글을 쓴다

내가 좋아하는 척 하고 쓰는 연기다

시인은 시인을 좋아하지 않는다

찰스 브카우스키처럼 대놓고 말하지 않더라도

자아라는 상상계 속에 유폐된 존재가 시인이다

자신 말고는 누구도 거들떠보지 않는 자를

세상은 시인이라 명명한다

시인은 자기 언어에 익사한 자들이다

그렇지 않은 시인도 있다 많다

남의 살림을 걱정하는 시인도 많다

그들은 시인이 아니라 걱정꾼이다

그들은 오로지 자신을 지키는 데만 실패한다

편의점에서 공사장에서 요양원에서

지하도에서 고시원 쪽방에서

왜 이렇게 많으냐

시만 혼자 턱을 괴고 있다

그 옆에 시인은 없었다는 것

이하생략

막시 2

누구는 새벽 두 시에 마일스 데이비스를 듣는다
놀랍다 나는 그러지 못한다
저 트럼페터를 받아낼 오디오가 없다기보다
잠들어야 할 이유보다 더 앞선
여벌의 이유가 하나 더 있다
새벽 시간은 손대지 말자는 원칙
그냥 두는 것
바라만 보는 것
되도록 새벽공간에 끼지 말자는 주의다
그거라도 해야 될 것 같아서

막시 3

무대는 영동고속도로 둔내 직전
삽교울음쉼터
먼저 도착한 20대 한 쌍, 50대 남자, 여자, 남자
60대 여자, 남자, 또 여자들은
사회자의 안내없이 울고 있다
어떤 젊은이는 너무 잘 울어서 사회자가 어찌 그리
잘 우느냐고 물었더니 알바생이라 대답한다
기다리는 사람이 많아 십분 이상은 울 수가 없다
사회자가 제지하면 울음을 그쳐야 한다
더러 끝까지 우는 사람도 있어서
도로공사 비정규 직원이 애를 먹는다
20분 더 가시면 나오는 울음터를 이용해달라고 당부하며
여기서 이러시면 안된다고 말리는 소리 들린다
줄을 서서 기다리는 여행자들은 참지 못하고
줄 속에서 제각각 훌쩍거린다

막시 4

박사공부를 하던 시절 누구는 서정주를 연구하려고
열심히 자료를 모아나갔다
생존 작가는 다루지 않는다는 관행을 외면하고
미당의 시를 일념으로 읽어나갔다
논문이 완성되었을 때
지도교수는 미당이 저렇게 살아있으니
더 기다려보자고 했다 이러구러 미당은 갔고 이제야
하면서 젊은 학자는 자기 논문을 최종적으로 정리했다
한 편의 논문을 쓰기 위해
날이 밝을 때까지 잠도 자지 않고 학문의 밤을 새워나갔다
마침내 논문을 완성하고 책상 앞에 앉은 국문학자는
자기가 쓴 박사학위 논문을 버리기에 이른다
시는 학문의 대상이 아니었던 것
그걸 아는데 박사논문이 필요했던 것

막시 5

강릉에 가면 안목에 간다
스타벅스에 앉아 바다를 내다보는 건 나의 일이다
나는 제국주의가 좋은가 보다
(누가 내 시의 독후감을 작성한다면
이 문장에 밑줄 긋고 나를 제국주의자라고 쓸까?
그럼 어떤가 그래도 좋다
아무래도 좋다
우리는 다 나름 작은 제국이니까)
등 뒤에서 구수한 재즈가 흘러나오면 나는 사람들
말소리 틈 사이로 베이스를 골라 듣거나 나팔소리에
몸을 젖히기도 한다 한참 그러고 있으면 내 손엔
구겨진 바다가 그득하다 방파제 끝으로 튕겨오르는
파도가 다른 날보다 생생하다
살아있다는 것은 한때
저러한 몸짓이다

막시 6

노래방에 왔으면 선곡을 하고 노래부터
한 곡 발사해야 하는데 말이다
벽에 붙은 곡목들을 쳐다보다가 그냥 나왔다
이유도 까닭도 없었다

그날 이후 노래를 잃어버림
생각해보니 내 안에 노래의 재고가 떨어졌던 것
울궈먹어야할 나의 시대가 통째 무너졌음이다
필연은 사라졌다 우연 속으로 걸어갈 수밖에
탓할 수 있는 일이 아니다

과거로 돌아갈 수 없다면 앞으로 나아가야 한다
앞이 없을 때마다
뒤로돌아 앞으로 갈 것이다

막시 7

주어와 술어가 딱딱 맞는 시
한 묶음 읽고 눈을 비비네
바른 문법에 눈이 아프다
괜찮은 시는 주어와 술어가 어긋나야 한다
나는 내 생각에 딱딱 맞는 말을 찾는다
그게 나의 시다
그게 내 시의 꿈이다
딱딱 딱 딱 따악
그게 시였다
시 비슷한 시
한번도 내 생각에 맞는 말에 가
얹혀보지 못했으나 동상이몽으로
어긋날 때마다 시는 한몸으로 살아온다
희한한 일이다

막시 8

연하남과 사는 여자들은 젊은 척 하느라 애쓰고
연상녀와 사는 남자들은 늙은 체 하느라 애쓴다
보통남과 보통녀들은 보통 하느라 애쓴다

어린 여자와 사는 친구는 젊음을 과시하느라
부인 앞에서 무거운 물건도 번쩍번쩍 들어올린다
아이고 무거워

막시 9

저 시인이
벌써 75라니
저렇게 신문종이에 얼굴 나오면
살림살이 좀 나아질까
허무맹랑하지 않을까
 — 내 친구도 시인인데

끝까지 시 쓰려던 생각 여기서 접는다
시인은 어디다 반납해야 하나

며느리도 모르게
적막하게 외롭게
더 외롭게

막시 10

아무것도 하지 않고 생각만 하다가
(무슨 생각했는지 모름)
잠이 들었다
잠 속에서 멀리 갔다
갈 때는 동행이 있었는데 돌아올 때는 혼자였다
(같이 갔던 이가 누군지 생각나지 않는다
혼자였는지도 모르겠다)
꿈을 꿨는데 꿈에서도
누군가와 걸어가고 있었다
돌아올 때는 역시 혼자였는데
다 돌아오지 못하고 반쯤 깬 꿈 속에 서 있었다
잠들었던 길로 다시 나와보니 라디오가 켜져 있고
불도 환히 켜져 있고
스마트폰에는 아무 흔적도 없었다

막시 11

자정 넘어 한 시
보사노바 한 줄이 창밖 안개에 걸려서
계속 헛바퀴를 돈다
시 한 줄도 못쓰고 지내는 날들이 부끄럽다는
청년기적 고백에서 무덤덤해져 좋다
그런 날들이 종이를 더럽히지 않아 다행이었음을
나는 잘 알고 있다
색소폰 한 행에 몇 시간 전의 삶이 허물어진다
일어나서 주섬주섬 삶을 모아 비닐 봉지에 담는다
그 다음은 어떻게 할지 몰라 망설인다
당분간 이렇게 살 것이다

막시 12

둔내
강원도의 눈보라 싱싱하다
잊었던 일 한번 더 세게 잊게 한다

막시 13

따르릉

네 여보세요

교수님 저예요

저라니요

저라구요 저번 학기 에이뿔 주셨잖아요 야간

어 그랬나 그런데

지금 어디세요 뵙고 싶은데요

어 지금 전화 속이야 용건은 전화로 하지

만나야 되는데 학교 아니세요

아니야 말로 해 말로

실은 마음의 선물을 드리려고요

그래 그럼 선물만 받고 마음은 됐어

아유 함께 받아주세요

받은 걸로 하겠다

그럼 받으신 겁니다

그래 그래

안녕히 계세요

그래 잘 살고

뚝

막시 14

테이블에는 세 사람이 앉았다 두 명은 시인이고 한 명은 소설가다 시인 둘이 서로 대화한다 시인이 너무 많다 약간 젊은 시인이 먼저 말했다 그러니 어떡하겠어요 시를 쓰지 말라고 할 수도 없고 방법이 없잖소 방법이 약간 늙은 시인이 응답했다 그래도 그렇지 문제에요 어떻게든 손을 써야 합니다 선배님같은 분들이 나서야 합니다 약간 젊은 시인이 말했다 정부가 나설 일도 아니고 그렇다고 예술원이 나설 일도 아닙니다 그쪽은 그래도 낫지요 약간 늙은 시인이 듣고만 있는 소설가 쪽을 보며 말했다 소설은 시보다 길게 써야 하기 때문에 좀 나은 편입니다 길게 쓴다는 게 말처럼 쉽지 않다는 거 잘 아시잖아요 문장의 주술관계도 맞춰야 하거든요 소설가가 소설처럼 길게 말했다 씨팔 그럼 시인들은 주술관계도 모른단 말이오 약간 젊은 시인이 발끈했다 아니 왜 그렇게 화를 내세요 말이 그렇다는 말이지요 소설가가 받았다 내가 안 쓸게 그럼 되겠다 약간 늙은 시인이 절필을 선언했다 드디어 한 명 줄었군요 약간 젊은 시인이 말했다 시인들이 소설가들보다 더 복잡하군요 소설가가 착잡한 표정으로 말했다

막시 15

아침 뉴스
원주교도소를 이전하는데 천억 정도 든다고 한다
시민들이 십시일반 돈을 모아 죄수들을 먹여 살린다
2018년에 이주가 완성된다고 하니
그때까지 기다렸다 입소해도 늦지 않을 것이고

또하나의 늬우스
브라질 리우에서는 죄수들이 벽을 뚫고
집단 탈출했다가 모두 붙잡혔는데
현재 한 명은 여전히 도주 중이란다
그는 나를 향해 출발했을 것이다

막시 16

늘 한대수에 대해서 할말이 많지만
터놓고 해보려니 막상 쓸말이 없다

68세가 되도록 고시원에 사는 늙은 락커
사진도 찍고 노래하고 시쓰고 에세이 쓰고
방송하고 이것저것 저것이것
그도 웃고 나도 웃는다 제기랄
화폐도 부족하고 그 나이에 초딩딸도 있다
그의 말투로 보건대 양호하지 못한 인생
화려하게 실패한 삶이다

여기까지 쓰고 보니 문장이 좀 허술하다
시적 수사를 위해 한 줄 개칠한다
─ 누군들 저렇게 살고 싶지 않을까

막시 17

이거 시라고 썼니

네 뭐 잘못됐어요

글쎄 내 상식으로 이건 시가 아니다

시는 상식은 아니잖아요

음 그렇지 그렇기는 하지만 이건 좀 심하다

제 생각으로는 그리 심하지 못했어요

심하게 읽히는구나

선생님 세대의 관점은 그럴 겁니다만

우리 세대는 그렇지 않다 이거겠지

네 하지만 대한민국 시는 유사 이래

단 한번도 심해보지 못했는데요

음 그렇지 그렇기는 하지만 이건 어느 시보다 심하다

전 좀 심하고 싶습니다

심한 건 좋은데 좋긴 한데

그럼 뭐가 문제인데요

문제는 없다 그게 문제다

장난하시는군요

장난은 자네가 하는거지 봐라

여기 백지 뿐이지 글자가 없지 않느냐

저는 그런 시를 읽고 싶습니다
이거 밤새워 썼다고 할거지
사실인데요
해골이 아프구나
두통약 드릴까요

막시 18

선생은 자작시 「아, 나에게도」를 읽고 나서
무거운 돋보기 벗고
한반도같은 얼굴을 들면서 시선의 먼
끝을 향해 중얼거렸다
 ― 여러분들은 이 마음 모를거야 더 늙어봐야 알아
이 대목에서 유튜브 암전

전업 재야로 살아온 노인이 안경 벗고 바라본 것은
그의 영업 품목이었던 민족, 통일, 노동자, 농민이었겠고
그건 삼척 사는 동자도 아는 일이니까 젖혀두자
밤길 홀로 가던 자기의 청년에게 자작시를 읽어주며
자기에게 없는 것을 탓하는 목소리에 식은 마음 재탕된다
1987년과 1992년 대한민국 대통령 선거에서 두 번 낙선한
1932년생 백기완 동지에게도 없는
속절없이 꺼이꺼이 울어도 되는 밤
그대에겐 있는가

막시 19

과년도 물억새가 시든 채로 서로 손잡고
바람에 일렁거린다 느리고 둔중한 리듬이다
억새 대궁 사이를 빠져나간 바람이 되돌아와
나갔던 구멍을 찾지 못해 그냥 대충 불어가는 일이
여기서는 예삿일이다
도봉산을 쳐다보던 흰뺨검둥오리
부리로 물표면을 깬다 또 깬다
살얼음 바깥으로 올라온 봄을 한 입 물었다
의정부행 전철이 중랑천을 핥으며 지나간다

막시 20

책상맡에 수선화를 놓아두고
짧은 봄을 함께 지나가자
음악도 없이 책도 없이 두근거림도 없이
지나가 보는 거다
봄눈 내리면 시도 때도 없이 동네 골목을 걸어가자
몸에 남은 낭만주의 손을 잡고
고량주 파는 짜장면집 앞도 지나가자
택배로 온 혁명은 수취거절하고 전화도 씹자
나는 나에 대해서 오로지 나다
엔진오일을 갈아주는 정비소 골목
저만치서 낯익은 내가 걸어오고 있다
나는 굳게 악수한다
처음 보는 당신이 남같지 않아 약간 슬프지만
잘 지내라는 인사를 건네면서 헤어진다
잘 가세요
눈 오면 봄눈이라는 시를 쓰려는데
눈이 없어 또 그냥 지나간다

막시 21

0도에 닿은 너의 얼굴
손으로 얼굴에 묻은 겨울햇살을 닦아준다
자정 넘어 들었던 세실 맥로린 살반트의 목소리처럼
웃는구나 너는
너는 한 줄 밝은 어둠이었다
어젯밤 불꺼진 골목길을 돌아서 집으로 왔다
병산서원 배롱나무에서 미끄러지던 햇빛도
너의 가난한 어깨를 밟고 함께 왔다
덧문을 열고 속문을 열고 들어가네
여기 어디지 그럴 때
불편한 손을 건네주는 너
너라고 부르면서 너에게 간다

막시 22

중앙고속도로 치악터널 지나갈 때
산밑을 파고들어가는 한 칸짜리 기차 봤다
짧으면 다 저렇게 시가 된다

막시 23

오늘은 한 줄도 쓰지 않은 날이다

(쓰지 않는 것도 시다)

막시 24

입춘
잎춘이라 고쳐 쓴다
대한과 우수 사이
몸도 꿈도 다시 세우고 장도에 오른다
영하 2도의 봄날 아침
입춘대길 건양다경
몸 속에서 피지 않은 매화를 꺼낸다
누구라도 손을 내밀어라

막시 25

갑자기 대책없이 불일암
오동나무가 보고싶을 때가 있다
눈으로 법정의자에 앉아보는 상상도 한다
꽃 필 때 가자고 메모해두고
간 것으로 친다
참는 자 복 있다
구수하게 내리는 눈 맞으며
종일 연구실 밖을 내다봤다
이런 장면
이건 뭐지?
색바랜 늙은 책갈피에서 글자 부서지는 소리
몸으로 넘쳐온다
이런 날은 산꼬라데이에 들어가야 한다
들어가서 한 며칠

막시 26

내일 봄비 온다는 예보
안 올린지도 모른다
주차장을 벗어나 엘리베이터 버튼을 누를 때
내 등 다정히 두드리던 손
남몰래 촉촉하다
작년에도 봄비 왔고 재작년에도 봄비 왔다
십년전 그날도 봄비 왔다
헝클어진 머리 봉두난발을 적시며 오던 봄비
이제는 하나의 문장으로 남았다
권총으로 자기를 쏠 때처럼 아찔하라
반나절을 견디지 못하는 반짝추위가
내 하루의 옷깃에서 반짝인다
이 시
너무 시같아서 남세스럽다
봄비 오면 멀리까지 걸어가리라

막시 27

세관원 출신의 화가 앙리 루소의 장례식에는
조문객이 일곱명이었다
향년 예순 여섯
입체파 화가 들로네가 30년간 묘지 비용을 냈고
시인 기욤 아폴리네르가 조사를 썼고
이를 돌에 새긴 이는 조각가 콩스탕탱 브랑쿠시

평생을 아웃사이더(아싸!)로 살았으니
당연하고 성스러운 결말이다

한때는 삶에 시가 끼어든다고 생각했는데
이제는 시에 삶이 자꾸 묻어난다
혼자 맡아야 할
이 냄새

막시 28

뭐 어때
이렇게 말하라구
모차르트처럼
찰리 파커처럼
음악이 아니면 어때
그 지경까지 힘껏 밀고나가야지
경성시절 제비다방의 이상처럼
양계와 번역일을 하던 김수영처럼
시 비슷하지 않을 때까지 뚫고 가야지
실패할 때만 시가 태어난다
그대의 실패를 축하하고 싶다

막시 29

사내가 술병을 잡고 병나발을 분다
병째 꿀꺽꿀꺽
서글픈 인류의 몸에서 급류가 만들어진다
병맛일까 술맛일까
마음 먹은대로 흘러가는 인생은 인생이 아니다
인생이란(이런 문장에 용서 있으라) 뜻같지 않고
어긋나고 틀어질 때만 인생이다
그게 사는 맛
흐릿한 술집에서 술잔을 들어올릴 때마다
지치고 외로운 인류는 철학적으로 중얼거리겠지
아유, 이 병신같은 맛

막시 30

재즈북을 읽다가 길 에반스를
빌 에반스로 교정하던 시절은 제법 뿌듯했다
속으론 출판사의 교정실수를 탓했지만
훗날 두 사람이 다른 사람임을 알았을 때도
그리 새삼스럽지는 않았다
모르고 산다는 것
그것만이 왁자한 기쁨의 원천이라 생각한다
내가 모르는 세상
내가 모르는 세상의 미스터리
내가 모르는 당신
내가 모르는 당신의 속마음에
나는 기뻐하고 감사하며 살아간다

막시 31

2015년 10월 22일 오전
나는 치나스키 역에 내렸다
아무도 날 알아보지 못했고 마중하는 이도 없었다
치선생의 흉상에 간단한 예를 갖추고
밖으로 나오니 부서지는 시월 햇살이 다 시같다
집배원이 오토바이 시동을 거는 남원주우체국 앞
부르릉 부르릉 삶이 가볍다
소설 속에서 태어나 소설 속으로 다시 돌아가지 못한 인물이
한 둘이 아니지만 치선생처럼 낡은 생의 골목길을 배회한다
세상이 날 뱉아낼 때 그때마다 나는 시인이었느니라
한 줄의 시에 얹혀 살았던 순간이 나를 깨운다
세상을 살아낸다는 것
그것도 아주 고귀하게 살아낸다는 것
그런 것은 누구에게나 픽션이다
아무도 없는 매표 창구에 입을 대고
없는 치나스키 역 티켓 달라고 소리치는 것과 같다
가을엔 치나스키 역에 가보고 싶다

막시 32

안개 낀 날
모두가 어렴풋하다
보이지 않는 부분은 각자의 상상으로 보충된다
자기 식으로 판단하면 된다
자기 깜냥으로 헤쳐나가면 된다
설왕설래
일구지난설이다
안개가 걷히고 나면 상상에 가려졌던
초라한 본능을 만난다
안개에 감사할 것
몸 파는 사람에게 감동할 것
모조품에 감사할 것
동네조폭 사기꾼 떳다방 인터넷 시인 난민들 홈리스
파파라치 표절전문가 댓글 알바 중고 성인잡지
부서진 의자 바르게 살자 주 예수를 믿으라
어렴풋하고 아리송할 때 열심히 살아갈 일
삼보에 귀의하고 남는 시간에 조용히 안개에 귀의한다
덧없음에도 오체투지

막시 33

시 한 줄 되자구
너에게 가자니까
어두운 방에서 불도 켜지 않은 채
무릎 끌어안고 있을지도 모를 누군가에게
한 줄 눈물같은 시가 되자구
자 이럴 때 베이스가 한번 퉁퉁
트럼펫의 느리고 푸른 한 소설
리듬 앤 블루스의 첫 마디처럼 번져주면 좋겠다
그런 게 없다면 그냥 맨 목소리 한 줄
세련된 문장 하나 없이 곰곰 너에게 가는 말
어쩔 수 없이 너에게 가버린 말이 되자구
너라고 부르면 너가 아닌 오래전부터 한 줄
어눌한 나의 시였던 사람
없는 사람

막시 34

64세
늙은 남자가 팔 벌려 비를 맞이하고 있다
봄비냐 겨울비냐
굵은 빗방울 속가슴 두드린다
툭툭 투두둑 툭툭 ㅌㅌㅌㄷㄷ
시방 누구와 교신 중이더냐
늙은 사람에게 봄비는 조금 과하다
여기까지만

막시 35

심심한 결심으로 백석의 여자가
보시한 절에 들락거렸다 사십대 말년
내게도 공터가 다가왔던가 보다
부처님 말씀 비껴 듣는 재미로
성북동 언덕을 들락거렸다
일요일 사시예불에 스님들이 극락전으로
입장하는데 뒷줄에 껑충한 남자가 따라 들어갔다
누구냐고 물었더니 자기가 그 백석이라고 했다
그렇게 일년에 두어 번 그는 극락전에 나타났다
예불이 끝나면 능소화 옆에서 잠깐 묵언하고 사라졌다
득도한 뒤로 절에 가지 않아 시인의 안부는 모르고 산다

막시 36

꼴에 무슨 정치를 한다고
인터넷에서 읽은 댓글이다
이 문장을 두고 댓글 연습을 한다

꼴에 무슨 가수를 한다고
꼴에 무슨 조폭을 한다고
꼴에 무슨 장사를 한다고
꼴에 무슨 좌파를 한다고
꼴에 무슨 문학을 한다고
꼴에 무슨 연애를 한다고
꼴에 무슨 댓글을 단다고
꼴에 무슨 꼴값을 하시나

(어디까지 두드려야 하나)

막시 37

두시 이십분
2016년 2월 15일 오후
방을 적시는 저 햇빛
책들이 조용히 기울고 있다
지젝도 라캉도 하루키도 폴 오스터도
칼 오베 크나우스고르도 에릭 홉스봄도 쳇 베이커 전기도
적막하다 햇빛 한 필이 독거의 침묵을 다 덮었다
한 사람 빠졌다
시인 찰스 부코스키
이런 날 서울에서 원주로 망명하여 저들과
팬티바람으로 잡담하는 재미
개봉 직전의 봄날
나의 시는 허공에 붕 떠도 좋다

막시 38

무덤덤하게 그렇게 사는 게 사는 거다
(여직 안 되는 것도 요것
한번이라도 담담해보고 싶은 꿈)
단골 칼국수집에서 장칼국수 흡입하고
계산하는 거 잊어먹고 자연스럽게 나오듯이
아무렇지 않게 사는 것이 내 꿈
일말의 비루와 자라지 않는 양심과 가도가도 그 자리인
내 시를 어루만지며 사는 것도
알고 보면 나름 고단한 혁명이다
중이면서 중물이 들지 않는 풋중처럼
시인이면서 시에 유혹되지 않는 시인
그런 당신을 나는 존경한다
그런거지 뭐
한번 더 낮춘 덤덤함으로
그런거지 뭐

막시 39

나
웃고 있지
나 가면 뒤에서 울고 있지
너는 모른 척 하지
고마워
나는 가면을 쓰고 있거든
바람 부는 날은 혼자 울고
어떤 바람 부는 날은 참지 못하고 웃어버린다
너는 알겠지만 나는 가면을 벗지 못한다
가면 뒤에 숨어 있는 민낯이 겁나서가 아니라
가면 뒤에 나의 진짜 얼굴이 없어서다
가면은 내 진짜 얼굴이다
그것만이 내 마음이다
나
울고 있지
나 가면 뒤에서 웃고 있지

막시 40

시가 아무것도 아니라는 사실이 폭로되면서

나는 살맛이 난다

올 것이 온 것이다

내 그럴 줄 알고는 있었지만 그래도

나만 눈치 채고 담뱃불 비벼끄듯 슬쩍 넘어가려 했는데

다 알아버렸으니 어쩌겠나 처자식도 동창들도 직장 동료도

지나가던 길개도 알아버렸으니

그래도 ─ 그래서 살맛이 난다

불심검문에 체포된 잡범처럼 편안하다

이제 심각한 시는 그렇다

우울증에 걸린 시는 그렇다

뭔가 있는 체 하는 시는 그렇다

다 조용히 물 간 소리다

그냥 중얼중얼 구시렁구시렁 동문서답한다면 들어주겠다

시인인 척만 하지 않는다면 읽어드릴 용의가 있다

시가 아무것도 아니라는 선언 끝에 서 있는 바람 한 자락

밤낮없이 우두커니 서있는 골목길 포차 입간판 앞에서

나는 오로지 배운다 인욕바라밀

참 대견하지 않으냐

뭐가 뭔지는 모르지만 하여간

막시 41

할머니는 늘 말씀하셨다
작고 까불지 않고 크면서 싱겁지 않으면 배냇병신이라고
나는 그런데 왜 이 말을 하고 있나
모르겠다 맞는 말 같고 안 맞기도 한 거 같다
내년이 병신년인 건 맞다

나이 쉰이 넘어 교수를 때려치우고 일본에서 그림공부 한
다고 하니, 다들 '조영남 흉내' 내는 거냐고 한다 독일 유
학 가서 10여년 그렇게 고생하고, 한국에서 10여년 멀쩡하
게 교수하던 사람이 나이 들 만큼 들어 하필이면 조영남 흉
내냐는 뜻이기도 하다 하지만 … 그렇다. (김정운, 『가끔
은 격하게 외로워야 한다』 152-153쪽)

교수는 65세에 은퇴해서 수년간
지루하게 살아가야 한다
지루한 것이 인생이다
외롭게 살아가야 한다
외로운 것이 본래 인생이다
살다가 말다가 해야 한다

(지루하거나 외롭거나 초라하거나 한심하거나
그렇지 않은 인생 있으면 일단 엿먹으시라)
난 언제 때려치우지?

일흔이 넘어서도 그림을 그리고 논문을 쓰고 시를 쓰고
삿대질을 하고 막말을 하고 그러면서
죽기 전날까지 일을 해야 한다는 말인가?
그러면 내 주름은 멋있다는 소리를 듣게 되는 것인가?
그렇다 … 하지만.

막시 42

라두 루푸의 연주를 듣고 울었다는 손열음처럼

나는 울지 않으리라

월간지에 보낼 셀카사진을 찍다가

웃는 표정과 무표정 사이에서 잠시 망설인다

역시 그러나 웃음기가 좋긴 좋을 것이다

누군가 내 시를 읽으며 울지 않기를 바란다

나는 웃으며 썼는데

너무 미안하지 않은가

서글픈 시는 쓰지 않을 것이다

한번 쓰윽 읽으면 활자가 사라지는 시만 쓰고 싶다

시를 읽으려고 시집을 펼쳤을 때

금방 비질한 절집 마당같은 페이지를 보며

누가 내 대신 시 읽어버렸네 그리고

시집을 덮으면서 먼저 시를 읽고 간 사람의

무용한 수고를 떠올렸으면 좋겠어

딱 그 정도면 좋겠어

막시 43

나는 늘 다른 사람이 되고 싶었다
만해마을 어디에서 본 기억이 떠올라
확인차 문자했더니 본인도 잘 기억나지 않는다는
시인의 회신이 왔다

추신이 좋아서 저 밑에 타이핑해둔다

시인의 무책임은 무죄지요
새해 만세

막시 44

나, 찰스 사치, 예술중독자
이렇게 간단히 말할 수 있기를
그것만으로 그는 큰 시인이다
뭘 더 생각하고 말고

막시 45

어판장에 잡혀와 눈꺼풀이 없어
뜬눈으로 죽어 있는 생선들을 보면서
느리게 항구를 한 바퀴 돌았다
하늘은 미세먼지에 가려졌고
미세하게 건들리는 마음은 횟칼 잡은 여자의
마음처럼 부산하다
방파제에 부딪쳐 깨어지는 파도를 보며
나는 속으로 말했구나
저렇게 방울방울 흩어지고 나면 이제
다시 만날 수 없는 몸들은 어디서 만날까
발밑에 밟히는 촉촉한 물기
어느새 마음으로 밀려와 축축하다
마음과 몸도 떡 본 김에 제사지내듯이
미리 헤어지는 예행연습을 하자
헤어지고 나면 말줄임표같은 거품 남아돌까
그럼 한 입 가득 물어보리

막시 46

고통 고통 고통
뿐이었다고 한대수는 호쾌하게 털어놓는다
내 사는 꼬라지 봤잖아
껄껄껄 또 웃는다
행복하고 싶어 행복의 나라를 썼어
그럼 됐지 스무살 때 골방에서 당신 노래 읊조리며
청춘을 지나왔다 행복은 오직 관념이다
진보와 보수만 설치는 나라
플래카드와 목소리뿐인 나라
고시촌에 사는 늙은 락커의 다큐멘터리를 보면서
그대와 그대 앞의 그대
그리고 나 내 앞에 당신
우리가 불시착한 여긴 어디?
지금 지지고 볶으며 살고 있다면 당신
행복에 입문한 줄 알라

막시 47

시 한 편 읽지 않고
시 근처에 가보지 않고
시가 뭔지 모르고도 사는데 피로가 없다
뭐가 문젠가

내 할머니
내 어머니
내 아내
내 딸
모두 잘 산다

시는 그대가 쓰고
그대가 읽으시게
일인용 시

막시 48

일요일

노원롯데시네마 10층

9시 30분 3관 J열 11번

이준익이 찍은 영화 〈동주〉를 보기 위해

2016년 등받이에 몸을 젖힌다

저런 시대에 태어나지 않아서 다행이다

일찍 죽은 동주는 또 한편으로 다행스런 삶이다

정지용으로 출연한 문익환 목사의 아들

(통상 그가 스크린 속에 있을 때 나는

대체로 그의 팬이다)

문성근이 부끄러움을 아는 것은 부끄러움이 아니라고

중얼대던 장면을 곱씹으며 극장을 나섰다

저 풍진 세상을 만나

한 점 살점같은 부끄러움 없는 삶이라니

생각만 해도 끔찍 또 끔찍

어떤 인생도 어떤 역사도 어떤 문학도 어떤 영화도

당현천 봄바람에 몸을 흔드는 묵은 갈대처럼

허름하고 적막한 자기반영으로 보인다

마을버스를 놓치고 걸어가서 내가 엿본 시인 윤동주는

스크린에 올라오지 않았다는 얘기를 이렇게

이렇게 번잡스럽게 늘어놓아 보는 거다

지나간 생은 다시

오지 않는다

회고는 산 자들의 덫이다

입장료 6,000원에 해당하는 덫

막시 49

왜 시 쓰지 않으세요
이런 질문
아니 이따위 무개념한 질문을 하지 말자
누구도 그렇게 물을 자격을 가질 수 없다
우리에게는 시 쓸 업무보다 시를
쓰지 않을 권리가 더 크다는 것이 이해되기를
한 줄 언어의 왜곡에 휘둘리지 않으려는 안간힘을
다독여주는 마음이 아쉽다
그런데 나는
왜
자꾸 언어에 끌려다니는가
왜
자꾸 이따위 언어질을 하세요
그렇게 물어주지 않는 당신에게
흰손을 흔든다

막시 50

이생강과 임동창의 협연이 흘러들어 몸속
어딘가로 대오를 갖추고 다시
흘러간다 나도 주춤주춤 따라 흘러본다
흐르다가 멈추고 빨리 흐르다가 더 빨리
흐르다가 느리게 더 느리게 이번에는 아주 느리게
몸 곳곳을 흘러넘친다
대금을 따라가다가 피아노에 올라앉았다가
봄날 하오가 저물고
음악은 사라지고 나
혼자 남았다 여기가
어딘지 몰라 내 몸을 툭툭 쳤더니
꿈속에서 걸어나오는 웬 사내
그러나 낯이 익다

막시 51

〈현대문학〉 문인주소록 앞자리가
가영심으로부터 시작되던 시절이 있었다
가나다 순에 따라서 그렇게 된 것이지만
그때는 한국문학이 가영심에게서 비롯된다는
즐거운 착각을 하며 살았다
문인주소록에 이름을 올리기 위해
시를 썼다면 잘못된 말일까
그런 게 없었다면 시를 쓰지 않았을 것이다
문인주소록만 보아도 설레던 때
그때까지가 나의 시였다
이제는 아니다
시 한 줄이 나의 현주소다
언어가 머물다 이사간 자리
거기

시인의 말

나는 뜬소문

◇

때는 봄날, 2017년 4월 8일 금요일 벚꽃 찬란이다. 오늘은 가톨릭관동대학교에서 현대소설론 강의가 있는 날이다. 금요일의 선택과목이라 수강생이 저렴하다. 교생실습 가고 결석하고 남은 우리가 한국소설을 걱정한다. 오늘 주제는 작중인물이다. 소설을 읽고 최종적으로 기억되는 것은 인물이라는 문장을 턱없이 강조하면서 강의를 마쳤다. 우리는 다 노답을 연기하고 있는 작중인물이다. 각자 저마다 소설을 쓰고 있고, 그 서사의 한가운데를 걸어간다. 나는 오늘 어떤 허구 속을 지나가는가. 강의를 마치고 강릉집에 들러 아흔 한 살 아버지를 뵙는 날이기도 하다. 고장난 핸드폰도 바꿔드리고, 병원도 다녀왔다. 이 문장들은 다시 고쳐 쓴다. 핸드폰이 고장났다고 하셔서 모시고 가 바꿔드리고, 병원에 가시자 해서 병원에 다녀왔다. 자식들의 번호를 단축키로 저장해드렸다.

아버지 생에 마지막 남은 번호다. 그 옛날 인연들은 다 사라졌다. 다 그런 거지만. 그럴 수밖에 없지만. 그렇게 되어야 되지만. 그런 줄 번연히 알면서도 삶은 늘 그렇다. 나에게도 삭제를 기다리는 번호들이 있다. 늙는다는 것은 저장된 번호들을 지워나가는 일이다. 오늘 내가 지운 건 바로 당신 번호다. 교수님, 안녕하세요. 이런 인사들, 문자메시지들도 안녕이다. 아버지는 91세지만 핸드폰 문자를 읽는다. 지방신문도 구독하고 계신다. 더러, 지역신문에 나에 대한 기사가 올라오면 기사내용을 나에게 전해주신다. 집에서 하룻밤 묵고 일어나니 토요일이다. 투명한 봄날이다. 노인을 수발하거나 병원에 다녀오면 철학자가 된다. 나도 철학에 입문했다. 니체나 헤겔이 아니라 피부에 닿아 쓰닥거리는 삶의 장면과 마주

◇

한다. 사는 게 무엇인가. 철학이 있어야 피곤한 세상을 건너간다. 데이비드 실즈가 쓴 『우리는 언젠가 죽는다』는 나와 내 아버지를 두고 쓴 책 같다. '죽음을 받아들이세요, 나는 이렇게 말하는지도 모른다. 삶을 받아들이거라, 아버지는 이렇게 대꾸하는지도 모른다.' 우리들 몸에 깃든 아름다움과 비애는 연민과 비극의 단초다. 송아지를 들어올리던 팔이 지팡이도 제대로 들지 못하게 쇠락한다는 것은 수납이 어려운 납득이다. 이런저런 어지러움을 좀 덜어내려고 집을 나와서 바람을 쐰다. 대문을 나서 한 스무 걸음 걸으니 집앞 강릉의료원 벚꽃이 눈에 박힌다. 한참 서서, 어쩔 수 없는 눈빛

으로, 오래 된 연민으로 의료원 뒤 벚나무를 본다. 영안실의 곡소리를 들으며 오가던 길목이다. 나의 사춘기는 이 길목을 통해 흘러갔다. 비오는 날 귀갓길에 어두운 골목을 적시던 곡소리는 지금도 내 몸에 쌓여 있다. 자기 몸 속에 숨었던 곡비들이 '이 날이다' 하고 튀어나와서 한판 울음 울던 곳. 벚나무에서 눈을 거두고 비좁은 골목으로 들어선다. 거기는 옛 친구의 집이다. 사미승처럼 삭발한 고등학생 몇이서 시에 대해 떠들던 불온한 장소였다. 시에 대해서 떠들다니. 〈청록파〉언저리의 식견으로 우리는 시에 대해 떠들었다. 너도 모르고 나도 모르는 시에 대한 담론. 답이 없이 돌아서던 걸음들, 그

◇

게 나의 마지막 순수시였을 것. 대문 안을 들여다보니 온통 폐가다. 추억도 폐가다. 돌아서서 경사가 희미한 언덕길을 내려간다. 옛날 명주초등학교. 이 학교도 폐교다. 그 자리에 시민 공연장 '명주 예술마당'이 들어섰다. 새엄마같은 어색함이 있지만 새것은 좋은 것이여. 예술마당 건물 뒤편 골목으로 접어든다. 접어든다는 말이 나를 한시절 너머로 밀고 간다. 한 사람 지나가기도 바쁜 골목길이다. 내가 걸어가서 담배 사던 집은 없어졌다. 길을 따라 올라가면 '화교소학교'다. 여기도 폐교. 어즈버. 운동장 구석에는 사용하지 않는 농구대가 적적하게 서 있다. 버려진다는 것, 버림받는다는 것. 서글프지만 당면해야 하는 커리큘럼이다. 조금 더 가면 강릉고등학교가 나오신다. 나의 모교. 나중에 모교는 이

사 가고 지금의 학교 이름은 모르겠다. 고향이라는 게 그렇다. 무대는 대체로 그대로인데 등장인물이 싹 교체되었다. 고향이 나를 버리는 방식이다. 햇살 쏟아지는 운동장을 가로지르던 조그마한(강릉말로는 재조한) 고등학생이 보인다. 이 봄날 내가 어린 너를 보고 있다. 그대는 아직도 그대의 땡볕 속을 걸어가는구나. 강릉고등학교는 내게 강고라는 축약어를 제공했다. 강고할뿐인 기억들. 이제야 하는 생각이지만 농고나 수산고 같은 데를 나왔으면 싶을 때가 있다. 발길을 거두고 다시 언덕길을 내려오면 오른쪽으로 '명주 예술마당'이 보인다. '남문동동사무소'는 카페로 변했다. 옆은 '칠사당'과 복원한 '강릉대도호부'가 버티고 있다. 주말 역사극의 드라마 세트장 같아서 우리가 무대 위를 떠도는 행인급 배우라는 것을 확인시켜준다. 강릉시청이 있던 자리다. 거기에 시청은 없다. 길 건너편으로 아버지가 현금을 맡기는 새마을금고가 있다. 그 골목으로 들어서면 내 추억의 사금고들이 즐비하다. 오늘은 추억의 잔영을 확인해보련다. 내 친구들이 다니던 교회는 공연장으로 변했다. 간판은 '端'. 연극도 하고 인디밴드의 공연도 열리는 모양이다. 2016년에 이곳에서 북콘서트가 열렸던 자리다. 나 없는 사이에 훗훗한

◇

공간이 여럿 만들어졌군. 회갑이 되면 이곳에서 내 시를 몇 편 읽을 것이다. 객석의 불은 소등한다. 무대 위에는 시인이 앉거나 선다. 희미한 전등을 켜놓고 시인은 시를 읽는다. 읽

다가 생각나면 시를 설명하기도 한다. 열 편만 읽으리라. 주로 『헌정』에 있는 시를 골라 읽어야 겠다. '비바람 불던 그 밤' 들에게 헌정했던 시들인지라 시인의 육성에 가깝다. 그 날만은 시인과 시적 화자가 서로 연대하고 협력하여 낭독한다. 그런데 회갑이 지나갔으니 어쩌! 공연장 단 앞에 커피집 '봉봉방앗간'이 나타난다. 「밤의 해변에서 혼자」에 나오는 그집이다. 홍상수가 선택한 공간이다. 홍상수는 자신의 영화를 위해 장소를 선택하지만, 장소를 위해 영화를 제공하지는 않는다. 통영, 제천, 춘천, 제주, 북촌이 다 그렇다. 강릉이 홍상수의 열아홉번째 영화에 다시 등장했다는 정도를 생각하면서 다음에 커피나 한 잔 해야지. 그때는 영화가 아니라

◇

내가 소설 속의 작중인물이 될 것이다. 나는 홍상수 지지자다. 홍은 영화를 찍는 게 아니라 소설을 쓰고 있다. 한국소설이 가보지 못했거나 남겨놓은 영역에 카메라를 들이대고 있다. 홍상수 영화를 독립영화라고 하는 것에 나는 동의하지 않는다. 기억이란 무의식이 아니라 잠자던 의식이 '깜짝이야' 하면서 눈뜨는 순간이다. 봉봉 주변 골목에 북촌이나 서촌을 카피한 듯한 카페들이 여럿 있다. 옛날 맑은 물이 흐르던 천변은 복개되었다. 여긴가 저긴가. 확신이 서질 않는다. 〈현대문학〉 창간호부터 결번없이 소장하고 있던 초등학교 교감선생님 부부가 살던 집은 어디인가. 느낌을 그대로 간직한 집이 눈에 들어왔다. 그집 앞에서 나는 침묵한다. 잠

시 모든 기억 암전. 내가 이집에 오다니. 역시 그집도 폐가였다. 어즈버. 대문에 추어탕 간판이 붙어있지만 영업은 하지 않은 지 오래된 걸로 보였다. 그집 행랑채는 내가 생애 첫 담배를 피우던 곳이다. 담배이름은 청자. 내 나이는 열 아홉. 뿌옇게 비오는 날이었다. 물론 지금은 사라졌지만 제과점 우미당에서 시화전을 열었는데 그때 손님이 놓고 간 황금색의 담배를 주머니에 슬쩍 넣고 친구의 자취방에 와서 앉은자리에서 한 갑을 다 피웠던 것이었던 것이다. 한 헤비 스모커의 장려한 출발이었다. 1968년 '한여울동인' 이 결성되었다. 처음 이름은 '천탄(川灘)문학' 동인이었고, 동네 중학교 교사였던 분이 문학적 발원지였다. 그분 존함도 생각나는군. 이 한가로운 출발이 내 문학의 동진출가(童眞出家)이다. 촌놈들에게 문학이라니! 어처구니 없는 일이다. 뭘 조금만 알았다면 나는 문학에 입문하지 않았을 것이다. 친구 따라 천렵길 나섰다가 여직 피라미 잡고 있는 꼴이다. 지금이나 그때나 내게는 시에 대한 싹수가 없다. 다른 동인들도 흩어져서 각

◇

자 소식없이 살아간다. 나혼자 문학 근처에 남아있다는 고적 감을 견딘다. 이 고립무원의 장면. 자괴가 고여온다. 이러려고 문학을 했나 싶은. 장한 일이냐 무모한 일이냐. 시골 초등학교 동기동창 세 명이 시인으로 등장했다는 사실은 한 동네 처녀 세 명이 바람났다는 거랑 그리 다르지 않다. 내게는 문학적 스승이(라고 할만한 대상이) 없다. 그 흔한 국어교사들

이 내게는 아무것도 아니었다. 이건 나의 문제다. 다행스러운 일이다. 나는 고등학교 1학년에 시 백 편을 베껴썼다. 다른 말로는 필사다. 김소월, 주요한으로부터 청록파까지다. 누가 시킨 것은 아니었다. 그런 자발성은 환희였고 기쁨이었다. 그후 이십대에는 김승옥의 「무진기행」과 한수산의 「대설부」를 필사한 적도 있다. 좋아서 한 일이지만 나는 필사주의자는 아니다. 필경이 좋은 사람은 모르겠으나 문학도는 할 일이 아니다. 박기원의 시를 읽고 충격먹었던 기억은 지금도 생생하다. 강릉 김씨 이상의 「오감도」는 저리 가라다. '내 죽거들랑/비석을 세우지 마라. //한 폭 베쪼각도/한 장의 만가(輓歌)도/통 걸지 마라. //술값에/여편네를 팔아먹고/ 불당(佛堂) 뒤에서/친구의 처를 강간하고/마지막엔/조상의 해골을 파 버린 사나이. //어느 산골짜기에/허옇게 드러내놓은 채/개처럼 죽어자빠진/내 썩은 시체 위에/ 한 줌 흙도/아예 얹지 마라. //이제/한 마리의 까마귀도 오지 않고/비바람 불며/번갯불 휘갈기는 밤// 내 홀로/여기 나자빠져/차라리 편안하리니// 오! 악의 무리여/모두 오라.' 1908년 강릉 출생의 박기원 시인이 쓴 시 「유언」이다. 죽음과 관련하여서는 함형수의 「해바라기의 비명」과 더불어 잊혀지지 않는 시다. 나중에 박정만은 「종시」에서 자신의 죽음을 두 줄로 요약한다. '나는 사라진다/ 저 광활한 우주 속으로' 어떤 유행가는 이렇게 시작한다. '잘있거라 나는 간다' 강릉사람은 박기원류의 시를 쓸 수 없다는 게 나의 지론이다. 산과 호수와 바다와 달을 노래하는 게 옳다. 박기원 시인이 일본에 가서 니혼 대학을 다녔다는 검색이 뜬다. 일본이 아니라 일본이 수입한 서구 입맛을 익혔을 것이다. 악마주의 같은. 강릉을 고향으로 둔 후배 시인들에게 박기원은 오직 생경스런 타자일 뿐이다. 목월의 등단작 「산이 날 에워싸고」가 생각난다. 산이 날 에워싸고 씨나 뿌리며 살라한다. 야심한 밤 책상 모서리에서 펜촉으로 한국시를 적어나가던 인문계 고등학생이 약간 대견했다. '시인이 되리라'와 같은 작심과는 먼, 방향없는 무모한 열정이었다. 빨간색 하드커버로 된 당시 나의 필사노트를 찾아주는 분이 있으면 후사하겠다. 단지 그 노트를

◇

한번 더 불사르고 싶기 때문. 내 아버지는 말단 행정직 면서기였다. 무서운 게 없는 사람이다. 문무를 대충 겸비한 분이다. 현실을 파악하는 눈과 현실을 밀고나가는 힘이 두루 몸에 배었다는 뜻이다. 민증상으로 1928년생이니까 대한민국의 더럽고 험한 역사를 살아내면서 두려울 게 뭐가 있었겠는가. 그게 아버지 세대의 생존철학이었을 게다. 아버지 덕에 나는 생활에 꼼꼼하지 않아도 되는 '책임도 무책임도 없는' 지방건달로 살 수 있었다. 아버지는 〈지방행정〉과 〈세대〉라는 월간지를 구독했다. 물론 공무원들에게 강매된 잡지였다. 아버지는 책을 읽지 않는다. 그러고도 누구보다 씩씩하게 살 수 있다는 전범도 내 아버지다. 그 잡지에서 나는 시와 소설이라는 물건을 접한다. 그 시절, 초등학교 때 〈소년한국

일보)를 구독했다는 사실도 소년에게 야릇한 자부심으로 자리한다. 물씬 풍겨오던 잉크냄새가 기억의 전부였던 신문이지만 그때 먹물끼를 듬뿍 훈습(薰習)한 셈. 가게 진열장 유리병 속에 들어 있던 알록달록한 사탕. 그게 내가 본, 맛 본 최고의 사탕이다. 딱 한 개를 사가지고 길가에 주저앉아 돌 위에 사탕을 놓고 돌로 내리쳐 세 명이 나누어먹던 석기시대의 맛을 나는 지금도 잊지 않는다. 국민학교(초등학교는 내 아들이 다닌 학교. 기표가 다르면 추억도 다르다) 때 일이다. 우울증이 철학의 시작이라면 우울증은 내 시창작의 기원이 된다. 그 사탕맛을 다시 볼 수 없다는 것이 아니라 내가 그 사탕맛을 잊고 산다는 것이 내 우울증의 바탕이다. 의붓엄마를 친엄마로 알고 살아야 한다. 내 욕망의 원형은 거기 있었다. 〈세대〉에서 특히 조선작의 단편 「지사총」을 읽은 기억은 즐거운 감격이다. 신춘문예 낙선작품 공모에서 뽑힌 소설이다. 훗날 세대문학상이 만들어지고 이외수가 중편 「훈장」을 발표하는 것도 이 지면이다. 내게 이외수는 그때 이외수다. 무서울 게 없는 아버지와 다르게 나는 중요한 것도 안 중

◇

요한 것도 없는 모호한 인간으로 성장한다. 나에겐 오직 시밖에 없다. 거짓말이다. 내게 없는 것은 시뿐인지도 모른다. 나는 삶의 의미성을 강조하는 사람을 언제 어디서나 의심한다. 질서를 무의미하게 만드는 것을 본령으로 삼는 것이 재즈라면 시도 재즈에게서 배워야 한다. 뭘? 의미를 무화시키

고 의미를 무의미로 돌려놓는 작업이야말로 문자그대로 시다. 복개 밑으로 냇물이 흘러갔듯이 나의 문학소년도 그렇게 흘러갔다. 지금 보니 흘러간 게 아니라 되돌아오고 있다. 또 걸음을 옮긴다. 강릉 아버지들의 공간이었던 청탑다방을 지나간다. 푸른 대나무가 다방을 수위하면서 예전 모습을 유지하고 있지만 세월은 막을 수 없어 많이 늙었다. 저 다방 안에서 소도시 강릉의 작고큰 일들이 토론되었겠지. 그래서, 이 동네 청탑다방은 유네스코에 등재해야 한다. 어즈버. 김양아, 에그 후라이 하나 다우. 그런 시절이었을 것이다. '청탑다방'에서 길을 건너면 피로한 추억들이 줄줄이 서 있다. 서

◇

점과 극장이 있던 거리. 문향이라 칭송되던 소도시를 정신적으로 버텨주던 서점. '삼문사'와 '삼일사'. 참고로 나는 삼문사 앞 플라타나스 그늘을 잊을 수 없다. (혹시 누가 삼문사 앞에는 플라타나스가 없었다고 이의를 제기하면 어떻게 되는거지? 그렇다고 해도 내 기억에는 그 나무가 있어야 한다) 인류의 고뇌와 빛이 의심없이 종이책에 깃들던 시절이다. 니체나 도스토예프스키와 같은 겁주는 책들이 겁나게 쌓여 있던 기억이 눈에 삼삼하다. 눈어림으로 강릉극장이 있던 곳을 더듬는다. 놀랍게도 극장건물은 그대로였다. 극장 안에서 담배 피우다 경찰에게 발견되어 도망가던 기억이 있네. 그땐 그런 게 허용되기도 했었다는 뜻. 극장 맞은편 식당집 주인으로 보이는 여자에게 물었다. 이게 옛날 강릉극장 건물 맞

지요? 여자는 퉁하게 말한다. 그렇다네요. 당신이 여자냐고 물었어도 그렇게 대답했을 것 같은 태도다. 나도 퉁한 걸음으로 그 여자를 떠났다. 강릉사람이냐고 물을까 하다 삼켜버렸다. 그게 무슨 상관인가, 이 사람아. 강릉에서 뇌섹남이 되고 싶어하던 청춘들의 추억 속에 반드시 삽입되는 것 둘. 하나는 닭갈비집 '안경아줌마집'이고 다른 하나는 고전음악 감상실 '넘버 나인'이다. 안경아줌마집은 안경 쓴 아줌마가 닭갈비를 팔면서 시골건달들을 알은 체 어루만져주던 술집이다. 술집과 안경의 부조화 그리고 조화. 혹시, 사실과 다르면 고쳐서 읽는 미덕을 보여주시기를. 그때 우리들의 화두는 언제나 문학이었다. 외상술을 앞에 두고도 오로지 문학이었다. 그건 문학에 대한 풍문이었지만 그래서 다시 살아낼 수 없는 문학으로 떠오른다. 언제나 나는 그 때 그 강릉시절을 살고 있다. 막걸리 두 주전자 마시고 술값이 없어 시계를 저당잡히던 풍경도 마음 아리는 추억이다. 낯선 골목길을 걷다 보니 외국에 온 기분이다. 이태리나 스페인 어느 골목 같다.

◇

나는 거기 가 본 적이 없다. 그래서 더 그렇게 실감 나는 모양이다. 고향은 이제 고향이 아니다. 고향을 타향으로 만드는데 30년이 걸렸다. 늙은 외삼촌의 얼굴같은 가구골목을 걸어오다가 강변도로 위에 섰다. 벚꽃 활짝 핀 남산을 만난다. 꽃이 피고 있고 지고 있다. 대체 시에는 뭐가 있기에 여기까지 왔을까? 모르겠다. 모른다는 것은 내게 축복이다.

세라비. 평생 찐빵을 만들며 살아도 철학은 만들어졌을 것이다. 그러나 시에는 아무것도 없다. 그 지점을 대면하는데도 오랜 시간이 걸렸다. 그게 시라면 시겠다. '저는 소설의 건강을 전혀 걱정하지 않습니다. 소설은 벌써 10년 전에 사망 선고를 받았지만 11년 후 병원에 갔더니 소설이 침대에서 일어나 앉아서 고깃국물을 한 컵 마시더니 훨씬 나아졌다고 말하는 상황이에요.' 영국 작가 마틴 에이미스가 한 말이다. 24년전에 떠들었던 말이니 지금 소설의 상황은 예상

◇

하지 못했을 것이다. 요즘의 한국문학은 요양원에서 정부라는 간병인의 보호 속에 연명 중이다. 고깃국물을 먹어도 호전되지 않는 건강상태다. 영양제와 진통제 없이는 연명할 수 없는 한국문학! 내가 알 게 뭐람. 프랑스 혁명 이전의 예술가들이 하인이었다면, 이제 그들은 엔터테이너가 된다. 50년전 아도르노의 말이다. 지금도 달라질 건덕지가 없다. 이제 시는 제 갈 길을 간다. 그대가 떠드는 시가 그대의 시다. 카페에서 그대가 읽고 박수받는 시가 시다. 이제, 시인들은 독자를 두려워하지 않는다. 시가 읽히지 않으면서 나타나는 두가지 현상. 열심히 쓰는 시인은 대책없이 외로울 것이고, 대충 쓰는 시인은 고민없이 묻어갈 것이다. 나는 후자다. 남산쪽에서 바람이 불어온다. 꽃냄새와 바다냄새가 융합된 4월의 강릉바람. 그 바람결에 나의 모든 것이 들어 있다. 저 바람 속에서 태어났고 저 바람 속으로 사라지겠지. 문학의 소

멸에 헌신하는 일도 아름다울 것인가! 자기 ─ 헌신 없는 일
가의 형성은 난망하다. 그러나 자신의 축적과 일가를 버리
는 일은 더 어렵겠다. 집 한 채 짓고 그 속으로 쑥 들어가기.
문닫기. 창문으로 내다보기. 톨스토이의 대작은 『안나 카레
니나』가 아니라 82세에 배낭 메고 집을 나선 가출이다. 자신
의 일가를 일거에 버리기. 나는 버릴 집이 없어 좋다. 안심
이다. 일가를 이루지 못하는데 성공한 인류에게 광영있을진
저! 나는 강릉의 옛골목을 걸었다. 별별 생각이 다 떠올랐다
는 말을 적으려는 게 아니다. 여행자가 된 이 느낌이 싫지만
은 않았다. 도리어 반대의 감상에 푹 젖었다. 천천히, 살뜰하
게 다가와 내 어깨에 손을 얹는 추억의 손들을 일일이 잡아

◇

보았다. 나는 많이 왔구나. 오리무중을 오리무중으로 지나
왔구나. 오늘 저 벚꽃이 고맙다. 먼저 져버린 개나리도 고맙
다. 무실동의 일부, 내 삶의 일부를 적셔주던 비, 봄비, 가을
비, 겨울비, 밤비, 찬비, 이슬비, 보슬비, 우산없이 걸어갔던
길, 여직 돌아서지 못한 먼 그 길, 오다 멈춘 비 당신에게 고
맙다. 시도때도 없이 오던 시, 내가 쓴 시, 쓰지 못한 시에게
고맙다. 날마다 눈 뜨고 나와 마주앉는 시에게 고맙다. 시는
그러나 여래처럼 오지 않는다. 시마처럼 오는 것도 아니다.
오는 것은 시가 아니다. 가는 것도 시가 아니다. 오지도 않고
가지도 않고 본래 있지도 않은 것이 시다. 그렇게 알고 산다.
오로지 헛짓에 삼 배다. 시 쓰는 척 하다가 살아지겠지. 시의

행간에서 실종될 것이다. 얼굴도 모르는 당신 곁에 붙어 있고 싶어 안달했던 일개 몽매를 받아준 시라고 호명된 당신에게 고맙다. 우연히 만났지만 익숙하고, 익숙하지만 항상 눈에 설어 낯선 질투감을 선물하던 당신에게 그리고 친애하는 나의 당신들에게 고맙다. 그러나, 왕창 당신을 배신 때리고 싶은 나의 오랜 꿈, 가엾고 불쌍히 여기시라 (찬물 한 컵, 시 한 컵, 울음 한 컵). 시님, 이제 어디로 가야하나요? (멋대로 가거라, 아직도 그 딴 걸 물어대고 있느냐. 백의종군 하라. 시는 미학이 아니라 그대 욕망의 찌꺼기다). 다음 생에는 시 쓰지 말 것(다음 생에는 시가 없겠지만). 가진 거 시밖에 없어요 따위의 헛소리로 자신을 기만하지 말 것. 걸음을 멈추고 눈 앞에 떠 있는 강릉 남산을 건너본다. 벚꽃, 쩐다! 도피안.

이 글을 두드리고 있는 나는 완전 허구의 인물이었던 것.
떠도는 거품이자 뜬소문이었던 것.

아무것도 아닌 남자

2017년 10월 25일 초판 1쇄 인쇄
2017년 10월 31일 초판 1쇄 발행

———

지은이   박세현
펴낸이   강송숙
디자인   더블유코퍼레이션, 나니
인 쇄   더블유코퍼레이션
펴낸곳   오비올프레스

———

ISBN 979-11-959218-6-7

———

출판등록   2016년 9월 29일 제 419-2016-000023호
주소   강원도 원주시 무실새골길 52
전자우편   oballpress@gmail.com

이 도서의 국립중앙도서관 출판예정도서목록(CIP)은 서지정보유통지원시스템 홈페이지(http://seoji.nl.go.kr)와
국가자료공동목록시스템(http://www.nl.go.kr/kolisnet)에서 이용하실 수 있습니다. (CIP제어번호 : CIP2017026716)